小学館文庫

桃殿の姫、鬼を婿にすること

暁の巻

深山くのえ

小学館

目次

最初に物音に気づいたのは、塗籠に近い局で寝ていた女房だった。

何かを動かすような音。床を軋ませる幾つもの足音。こんな夜中に、いったい誰が塗籠の片付けなどを始めたのか。

眠い目をこすりながら、女房は上体だけを起こし、ちょっと静かにして——と声をかけようとした。

いや。……おかしい。そもそもこんな夜中に、誰も塗籠の片付けなどするはずがないのだ。そのことに気づき、女房ははっきりと目を覚ます。

では、この物音は。

女房はおそるおそる、几帳の切れ目から物音と足音のするほうを覗いた。小さな火が三つ四つ、右へ左へと動いている。紙燭だ。持っているのは男ではないか。それも水干か直垂姿の、この五位の家の母屋に上がりこむことなど許されない下々の——

「……とっ、盗賊————っ!!」

女房の絶叫は、同じように物音のせいで目を覚ましつつあった他の女房たちの覚醒を促し、さらなる叫び声を呼んだ。

　女房たちが完全に起きたことで、慎重に塗籠に忍び入って値打ちのあるものを運び出していた盗賊どもも、もはや静かに事を進める必要はなくなったと見たのか、途端に荒々しく衝立（ついたて）を蹴倒し、威嚇の怒鳴り声を上げて撤収を図る。

　そのうち誰かが、火事、火事、と騒ぎだした。盗賊が投げ捨てた紙燭の火が、壁代（かべしろ）に燃え移っていたのだ。

　それでいよいよ大混乱となった邸内で、女房たちは泣き叫びながら右往左往していたが、そんな中、妻戸（つまど）の近くにいた女房が、盗んだものを両手に抱えて外に出ようとしていた盗賊の一人とぶつかった。

　ちょうど盗賊の一行がその妻戸から次々と逃げている最中で、開いた扉から差した月明かりが、ぶつかった盗賊の姿を一瞬、青白く浮かび上がらせる。

　水干姿のその盗賊は、烏帽子（えぼし）などは被っておらず、首から上を布で覆い顔を隠していたが、目元だけは開けていたせいか、ぶつかった拍子に布が少しずれて、額までが露（あら）わになり――

　女房は、呆然（ぼうぜん）と目を見張り。

　次の瞬間、裏返った声で叫んだ。

「お、鬼……鬼が……！」

第一章　源公貫、再び鬼の子を預かること

あまり楽しくない夢を見た気がして、うっすらと目を開けた。

——違う。

良くないのは夢ではなく現実のほうだと、急に感じた悪寒でそれを察する。

真珠が身じろぎすると、横で寝ていたはずの瑠璃丸の声が、頭の上から聞こえた。

「……起こしたか」

「何か……いるの……？」

「小物の怪しだ。すぐ追い払う」

瑠璃丸は真珠の枕元に片膝を立てて座り、帳の隙間から、じっと何かをうかがっている。真珠も身を起こし、単の前を掻き合わせながら、瑠璃丸の視線を追って暗闇に目を凝らした。

「……」

亀のような——だが、甲羅はない。四本足の奇妙な物の怪が、のそりのそりと床を這っている。

と、その亀のような物の怪が、ぐるりと首をめぐらし、こちらを向いた。

刹那、瑠璃丸が強く、短く吠える。

その声は耳には聞こえず、しかしたしかにあたりを震わせ——亀の姿は、弾け飛ぶように消えた。途端に嫌な気配も失せる。

「……まだ出るのね」

「しばらくはな。でも、だいぶ減ってるだろ」

「そうね。前よりは……」

返事をしようとして、真珠は小さくあくびをした。瑠璃丸が笑って寝床に戻り、横になる。

「まだ夜中だ。寝直そう」

「……ええ」

真珠は瑠璃丸の腕の中にもぐりこみ——まどろみながら、胸元に頬をすり寄せた。

左大臣藤原仲俊(ふじわらのなかとし)、その息子である大納言藤原信俊(のぶとし)が住まう邸宅は、都の左京二条にあり、敷地を囲むように魔除(まよ)けの桃の木が植えられていることから、桃殿と呼ばれている。

何故(なぜ)、魔除けのための桃の木が必要だったのかといえば、かれこれ二十年前、信俊が泥酔して帰宅途中、厄介な悪(あ)しき物の怪に気に入られてしまったのがきっかけで、その後、件(くだん)の物の怪――正体は女の魔だったわけだが、その魔の姫は標的を信俊から娘の真珠に変え、桃殿は怪しの物が集まるようになった、そのせいだ。

そんな中、真珠を守ることになったのが、近江国(おうみのくに)に住んでいた、白銀の髪に紺瑠璃の瞳を持つ鬼、瑠璃丸だった。瑠璃丸は真珠の伯父でかつて皇子だった源公貫(みなもとのきんつら)の養子となり、人として、貴族としての習慣、教養を学びながら、十年のあいだ真珠を守り続け、とうとう魔の姫を斬り祓(はら)うに至った後、真珠と結婚した。

現在、真珠は桃殿の西の対に暮らし、婿である瑠璃丸は桃殿の西隣りにある公貫邸から、真珠のもとへ通う日々を送っている。人の養子となり、源直貫(なおつら)という名も得ているが、そもそも鬼である瑠璃丸が、大臣家の婿として認められるまでは長い年月がかかり――もっとも、正式に結婚したいまでも、仲俊と信俊が心から納得しているかというと、それはきっと、していないのだが。

「――え？　昨夜、怪しの物が出たんですか？」

真珠の乳姉妹である女房の笹葉が、きょとんとした顔で朝餉の膳を真珠の前に置いた。

「そうよ。笹葉、気づかなかったの？」

「寝てましたねぇ……」

「あたしは目が覚めましたよ。何か変だなと思って」

瑠璃丸のぶんの膳を支度していた別の女房が、そう言ってから、でも、と続ける。

「億劫だったので、起きませんでしたけど。きっと瑠璃丸さんが追い払ってくれてい̇ると思って」

「……ここの女房、みんな肝が据わりすぎてるっていうか、怪しに慣れすぎてるっていうか……」

粥の椀と匙を手に取りつつ、瑠璃丸がぼやいた。真珠は白湯をひと口飲んで、苦笑する。

「たしかに、ひと晩中物の怪を警戒していたら、眠ることもできないから、気になることがあってもそのまま寝てしまうくらいでないと、休めないのよね。おかげでわたくししか目が覚めなくて、夜中なのに瑠璃丸に助けにきてもらったことが、何度あったことか……」

「いや、そもそもここの妻戸が常に開けてあったのって、何かあったらすぐに来いってことだったんだろ？」

「まぁ、あたしたちが起きて何かするより、瑠璃丸さんが駆けつけるほうが早かったですものねぇ」

「ねぇ。頼りにしてますよ、本当に……」

笹葉と女房は、笑いながら下がっていった。

真珠は白湯の椀を置き、呆(あき)れ顔をする。

「ずっとあなたに頼りすぎだったと思うわ。あなただって、ゆっくり休みたかったでしょうに……」

「ん？　……いや、別に」

粥をすすっていた瑠璃丸が、目を上げた。

「毎晩ってわけでもないし、寝たければ昼寝すればいいだけだったし。……夜中でも何でも、呼ばれれば真珠に逢(あ)えたからな」

「……」

「むしろ待ってたかもな。呼ばれるのを」

事もなげに言って、瑠璃丸は粥をかきこむ。

こういうとき、真珠はいつも思った。——やっぱり結婚するなら、瑠璃丸しかいなかったのだと。


「——ああ、そういえば」

脇息にもたれ、膝の上に歌集を広げていた瑠璃丸が、思い出したように言った。真珠はその横で縫い物をしていたが、手を止めて顔を上げる。

「どうしたの？」

「明日、近江から親が来るんだよ。妹と一緒に」

「白銀さんと月草さんが？　まぁ、ずいぶん久しぶり……」

瑠璃丸は姉の桔梗とともに、この十年、ずっと公貫邸に住んでいるが、両親である鬼の夫婦——近江の白銀と月草、そして桔梗と瑠璃丸以外の子供たちは、いまも近江の山中で暮らしており、都には滅多に下りてこない。用があるときは、桔梗のほうが近江に帰ることが多いという。

「親父は年に二、三回はこっちに来てるらしいけどな。うちには寄らないで、三滝さんと酒飲んでるんだってさ」

三滝は小野三滝といって、以前近江介をしていたときに近江の白銀一家と知り合って親しくしている官吏だ。真珠の祖父と父に仕える家司でもあり、瑠璃丸をこの家に迎えるきっかけを作った張本人である。

「おじ様のところではなくて？　瑠璃丸とは会わないの？」

「一応、遠慮してるんだよ。俺を養子に出したからには、そうそう顔を出すもんじゃないって」

「でも――それじゃ、明日はどうして？」

真珠は手早く残りの部分を縫い、糸を切る。

「妹さんも一緒って、えっと……杜若さんと竜胆さんと、菖蒲さん、だったかしら？」

「名前はそれで合ってるけど、来るのは竜胆だけだ。竜胆、今年で十六歳なんだけどさ、結局、角が生えてこなかったんだって」

「桔梗みたいに？」

「そう。で、それならやっぱり人の世で暮らしたほうがいいんじゃないかって。それで、父上に、竜胆も雇ってもらえないかって頼んだらしい」

「それなら、おじ様のところで女房に？」

「ってことになるのかな」

ただ――と言って、瑠璃丸は首の後ろを掻いた。

「竜胆はなぁ……女房は無理だと思う。この十年で、姉さんぐらいにおとなしくなってればいいけど、そうじゃなければ父上に迷惑がかかりそうだ」

「……おとなしくするのが苦手なら、角がなくても本当は近江にいたい、っていうことは……」

いくら気安く人と付き合っているとはいえ、白銀一家はやはり鬼だ。角の生えた姿は、人里近くで暮らすには目立ちすぎる。だから以前は山奥の荒れた古寺を住まいにしていたらしいが、この十年のうちに、公貫と三滝の協力で同じ山中に新しく建てた住まいに移ったという。もちろんそことて人が通るような場所ではないそうだが、古寺よりはずっと広いので、とても暮らしやすくなっていたと、桔梗から聞いたことがある。

一家が不自由なく生活しているのなら、角だけを理由に、無理に都へ出なくてもいいように思ったのだが。

「いや、姉さんの話を聞いて、興味は持ってるみたいなんだけど。でも興味があるからって、馴染(なじ)めるとは限らないだろ」

「……それはそうね」

うなずいて、真珠は針と糸を片付けた。

「おじ様のところの女房は、みんな落ち着いているから大丈夫だと思うけれど、何か困ったことがあれば、うちも協力するわ。お母様には話しておくから」

「何か、悪いな」

「どうして？　瑠璃丸の妹なら、わたくしの妹でもあるのよ」

にこりと笑うと、それまで眉根を寄せていた瑠璃丸が、表情を緩める。

「……そっか。妹か」

「ええ。だから、遠慮したら怒るわよ？」

「真珠が怒っても怖くはないけど、遠慮はしないようにする」

「あら、怖くないの？　わたくしだって、本気で怒れば怖いのよ？」

真珠が唇を尖(とが)らせてむくれてみせると、瑠璃丸は笑みを浮かべ、歌集を傍らの文(ふ)机(づくえ)に置いた。

「いまは可愛いけどな。本当に怖くなるなら、怒らせないようにする」

「……歌のお勉強は？」

「今日はもう終わりだ。真珠、縫い物は？」

「終わりよ」

たたんだ衣と針箱を脇へ押しのけ、真珠は瑠璃丸のほうへ膝を進める。唇は、尖らせたままだが。

「……やっぱり、怒ってても怖くないような気がするんだよな」

「何よ。そんなことないんだから……」

真珠が瑠璃丸の胸を小突き——瑠璃丸は低く笑って、真珠を抱きしめた。


翌日、近江から白銀とその妻の月草が、三女の竜胆を伴って公貫邸にやって来た。竜胆をまずは女房として引き取る話はすでについていたので、挨拶だけをすませたら、あとは専ら酒好きな白銀のため、訪ねてきた三滝も交えての宴が昼間から始まってしまった。

真珠の母、琴宮がそれを聞き、月草も来ているなら久しぶりに会いたいというので、宴の途中で月草と桔梗、竜胆の女たちだけが、桃殿の西の対へ移動してきた。

「――無理を言ってごめんなさいね、月草さん。でも、せっかく都に来てくださったなら、ぜひお目にかかりたくて」

女房の周防一人を連れてきただけの琴宮は、真珠が挨拶するより先に、月草の前に進み出る。

「いえいえ。どうせあっちは酒盛りがしたくて集まってるようなもんですからねぇ。こちらに呼んでいただけて、あたしは嬉しかったですよ」

南廂に出した円座に腰を下ろし、月草は明るい口調で笑った。

十年前に会ったときには着丈の合わない衣を身に着けていたが、いまは娘の桔梗が仕立てた、大柄な月草にもぴったりの小袖を着ている。しかし着ているもののほかは、十年前とまったく印象は変わらなかった。

「御無沙汰しております。先だっては、お祝いの品をありがとうございました」

真珠も琴宮に並んで、手をついて頭を下げる。瑠璃丸と結婚したことを報告したとき、祝いにと新鮮な魚や木菓子を、桔梗を介して届けてくれたのだ。

「ああ、いや、こっちはあの程度の贈り物しかできなくて、恥ずかしいんだけどね」

「そんなことありません。どれもとても美味しくいただきました。本当に、あれほど見事なお魚を食べたのは初めてです」

「そう？　それならよかった」

月草はほっとした表情をし、それから真珠を眺め、しみじみと言う。

「それにしても——十年前も可愛いお姫さんだったけど、すっかりきれいになって。やっぱり、こう、ただそこにいるだけでも、全然違うよ。本物のお姫さんだ。うん」

腕を組んで、ひとつ大きくうなずき、月草は振り返った。背後には桔梗と、萌黄色の小袖を着た、月草や桔梗と同じ濃い檜皮色の髪に、藍色の瞳の少女が、緊張気味に座っている。

「そちらが、三番目の娘さんね？」

琴宮はやさしく問いかけたが、少女はさらに肩を強張らせ、うつむいてしまった。

桔梗が肘で少女の腕を押し、御挨拶、とささやく。

「あ。……竜胆、です。今日から、刑……刑部卿、様、の、ところで、お世話になります……」

目鼻立ちのはっきりした、これも月草や桔梗によく似た美形だ。年は十六だというが、頬の丸みがわずかに幼さを残している。

場慣れしていない様子がかえって微笑ましく、真珠は少し身を乗り出して竜胆に話しかけた。

「十年前にも会っているけれど、お話しするのは初めてね。わたくしのことは、真珠と呼んで。これからよろしくね」

「——あれ、そういえば、貴族のお姫さんって、大人になると名前変わるんじゃなかったっけ」

いまさらだけど、と言って、月草が首を傾げる。

琴宮は手ずから菓子の数々を小皿に取り分け、月草の前に置いた。

「ええ。裳着のあとに名を付けましたけれど、普段は使わないんですよ。だからどうぞ、この子は真珠のままで。こちらこそ、御子息のこと、いつまでも瑠璃丸と呼んでしまって……」

「ああ、それはいいんですよ。好きに呼んでやってくださいな。あの子もまだ、そちらのほうが馴染むようですから」

月草は一度軽く頭を下げ、小皿の豆餅に手を伸ばす。

「これ好きなんですよ。いただきますね。——琴宮さんは、変わりなかったですか」

「ええ、おかげ様で……」

母親同士がおしゃべりを始めたので、真珠も菓子を幾つか小皿に取り、おとなしく座っている竜胆の前に置いた。

「はい、どうぞ。桔梗は？　豆餅と何がいい？」

「あ、自分で取るわ。ありがとう。――竜胆、せっかくだから、いただきなさいよ」

「……うん」

様々な菓子が盛られた皿を、竜胆は物珍しそうに眺めていたが、姉にうながされ、おそるおそる小皿から粉熟(ふずく)を摘(つ)まんだ。

菓子を取るため少し前屈(まえかが)みになったそのときに、耳にはさんでいた髪がこぼれる。竜胆はそれを片手で無造作に搔き上げ、また耳にはさんだが、その拍子に額の生え際が見えた。

瑠璃丸は竜胆のことを、角が生えてこなかったと言っていたが、小さく――ほんのわずかに、竜胆の額には、こぶのような盛り上がりがあった。

ちなみに桔梗には、少しのこぶさえない。そして瑠璃丸は、いまは切り落としてしまっているものの、もとは短いながら角は生えていた。兄弟姉妹でも、角の生え方はまちまちのようだ。竜胆の角は、こぶ程度には生えかけたが、角と認識できるほどには成長しなかったのだろう。

「姉ちゃん、これ、美味しい……」

「粉熟、美味しいよね」

「竜胆さん、粉熟を食べるのは初めて？」

　気に入ったようなので、もっと取り分けようと、真珠が粉熟の皿に手を伸ばすと、竜胆は粉熟を頬張ったまま、ちょっと慌てた様子でうなずいた。

「は、はひ、はひめへ……」

「ちょっと竜胆、落ち着いて食べて。あと、食べながらしゃべらないの」

「大丈夫？　ここに白湯もあるから」

「あーもう、ごめんね真珠、世話焼かせちゃって……」

　真珠から白湯の椀を受け取り、桔梗が呆れ顔で妹に飲ませてやる。

「それと――いいのよ、ただの竜胆で。この子のほうが年下なんだから」

「あ、そうね。妹だものね。じゃあ竜胆、こっちの粉熟も食べてみる？　胡麻（ごま）が入っているから、味が違うのよ。それからこれが……」

　真珠がいろいろと菓子を取っていると、白湯でひと息ついた竜胆が、じっと自分を見ているのに気づいた。

「……どうかした？」

「あ。……ごめんなさい。えっと、瑠璃丸兄ちゃん、よくこんなにきれいなお姫様と結婚できたなーと思って……」

「えぇ？」

自分の皿にも豆餅と粉熟を取って、真珠は苦笑する。

「逆だわ。わたくしは、瑠璃丸のほうが、よくわたくしと結婚してくれたと思って。この十年、瑠璃丸はとても大変な努力をしてくれたのよ」

「努力？」

「文字の読み書き、いずれ出仕したあとに必要になる学問、それに楽器や歌……」

真珠が指折り数えながら言うと、竜胆はたちまち青い顔になった。

「え、無理。あたし、そんなの無理」

「瑠璃丸がやったことよ。あんたに同じことをしろなんて、誰も言ってないわよ」

またも呆れる桔梗に、竜胆は、だって、と下を向く。

「姉ちゃんだって、読み書きとかできるんでしょ。姉ちゃんも勉強したんでしょ」

「そりゃ、女房として置いてもらってるんだから、女房をやるのに必要な勉強はしたわよ。でも、瑠璃丸ほどじゃないし」

「桔梗は、読み書きは誰に教わったの？　おじ様？　あちらの女房の誰か？」

粉熟を摘まみながら真珠が訊くと、桔梗はちょっと面映ゆそうに答えた。

「それは、主に殿が。すごく丁寧に教えてくださって……」

「あ、おじ様なのね。そういえば、瑠璃丸も字はおじ様に教わったと言っていたわ」

それなら竜胆も、公賢に教われば簡単な読み書きくらいなら覚えられるのでは、と思ったが。

「あたし無理。やっぱり女房じゃなくて、下働きのほうがいい」

「竜胆、あんたね、始める前から……」

ため息をつきつつ、桔梗は眉根を寄せた。

「……でも、殿もいまはお忙しいし、この子のことで、あんまりお手をわずらわせるのも申し訳ないかも……」

「あら、おじ様、御多忙なの？」

「ここのところ、質(たち)の悪い盗賊が増えてるらしくって。検非違使(けびいし)だけじゃ手が足りないからって、刑部省もいろいろ大変みたい」

「まぁ、怖い……」

質が悪いということは、つまり、ただものを盗まれるだけではすまないということだろう。

「ここは人も多いし、警備もしっかりしてるから大丈夫だと思うけど、結構大きな家も狙われたみたいだから、気をつけないと」

「それなら、おじ様のところだって大きな家でしょう。気をつけないといけないわ」

「そうね。瑠璃丸は毎晩こっちにお邪魔してるし、あたしがしっかり守らなきゃ」

桔梗は気合の入った顔でうなずいているが。

「……そこは、普通にお家の警備を強めればいいと思うわ？　桔梗が頑張ってしまったら、おじ様がすごく心配するでしょうし……」

「あら、あたし、盗賊くらいなら、まだまだ戦えると思うんだけど」

豆餅片手に物騒なことを言う桔梗に、真珠は目を瞬かせて首を横に振った。

「駄目よ、そんな……。おじ様だって、桔梗に危ないことはさせたくないはずよ」

「でも、あたしだって、殿のお役に立ちたいし」

桔梗が密かに公貫を慕っていることは、真珠も知っている。桔梗自身は秘しているつもりのようだが、そもそも素直な性格なので、まったく隠せていないのだ。

主であり、恋しい相手でもある公貫の役に立ちたいとは、何とも健気ではあるが、盗賊と戦われても、公貫が喜ぶとは思えなかった。

「何か悪いやつと戦うなら、あたしも手伝うよ、姉ちゃん」

「あ、そうね。竜胆だって強いもんね」

「あの、二人とも、危ないことは本当にやめて……」

あとで瑠璃丸に話して、桔梗と竜胆を止めてもらわなくてはいけなそうだ。

真珠は困惑顔で、笑い合う姉妹を見つめていた。

「焼いて干した蛸もいいが、やっぱり茹でた蛸だろう、酒に合うのは。浜に上がったやつを、すぐ湯に入れて……」

「いやぁ、それはわかるがな、浜から都まで、遠いのだ。鬼の足ならさっさと行き来できようが、人の足では、生でも茹でても、ここへ持ってくるまでに傷む……」

公貫邸の南廂では、先ほどから近江の白銀と小野三滝が、酒の肴について語り合っていた。どちらも手に杯を持ち、傍らには酒の入った提子が幾つも置かれている。

「親父が酒に強いのは知ってたけど、三滝さんもよく飲むなー……」

瑠璃丸は少し離れたところで柱にもたれ、足を投げ出して座っていた。

「私も弱くはないが、あの二人には到底かなわないな。瑠璃丸は大丈夫か？　日ごろ飲まないだろう」

公貫は瑠璃丸の横で脇息にもたれつつ、扇を広げ襟元をあおいでいる。さっきまで公貫も飲んでいたが、いま手近に置いてあるのは白湯の椀だ。

「飲んだことないんで、いざ飲んだら酔うんじゃないかと思ったんですけど、意外と平気でしたね。でも、俺は飲むより食うほうがいいです」

「ははは……酔わないなら結構だ。宴で悪酔いしている連中ほど見苦しいものはないからな」

「酔わなくても、俺はできるだけ飲まないようにしますよ」

何しろ真珠が魔に目をつけられた一件は、父親の泥酔が発端なのだ。当然、真珠は大酒をすることにいい印象を持っていない。誰がどれほど飲もうと、真珠が口を出すことはないし、自分も酒を禁じられたことはないが、余計な心配はさせないようにしたかった。

今日は三滝に勧められて、ものは試しで少し飲んでみたが、酒を格段に美味（うま）いとも思わなかったので、おそらく今後も飲むことはないだろう。

「まぁ、何事もほどほどにしておくのが無難だ。……しかし、桔梗がいればさすがに止めただろうな、あの飲みっぷりは」

「母がこっちに戻ってきたら、すぐ止めますよ。さすがに日暮れまでには、あっちもお開きになるでしょう」

「まぁ、そうだね。……ん」

公貫は扇を閉じ、白湯の椀を覗きこんだ。空だったらしい。

「もう一杯、持ってきてもらいますか」

「そうだね。……誰か、白湯をくれ」

公貫が、奥に声をかける。年配の女房が返事をし、ゆっくりと椀を下げていった。

「……こういうときは、桔梗がさっと行ってさっと持ってきてくれていたから、いないと少々もどかしいな」

苦笑して、公貫は皿から松の実を摘まむ。

瑠璃丸は自分の手元にあった小皿から鯛(たい)の楚割(そわり)を取って口に入れた。

「……あのー、父上」

「ん?」

「父上は、桔梗姉さんのこと、どう思ってるんですか」

桔梗本人が常に公貫に近侍している普段は、絶対に訊けないことだ。

「父上なら、気づいてないわけないですよね？　姉さんが、父上のこと……」

「……」

公貫は薄く笑みを浮かべ、庭を見ている。

「一応、真珠から聞いてはいますよ。父上は二度も北の方に先立たれてるから、もう結婚をする気はないらしいって」

かつて公貫も、結婚したことはあったという。最初の妻はもともと体が弱く、結婚から一年と経たないうちに病死し、その後、人の紹介でもう一度妻を迎えたが、特に体が弱いわけでもなかったのに、次の妻も半年かそこらでひどい風病になり、治療のかいなく亡くなってしまったのだそうだ。

自分はよほど妻という存在と縁が遠いのだろう、今後はもう結婚しようなどと思うまい——公貫はそう言って、三十八歳の現在まで、独り身を通しているのだと、真珠やこの家の古参の女房から聞いている。

「俺は別に父上に、どうしても姉さんと結婚してやってほしいなんて、言うつもりはないです。ただ、本当にどう思ってるんだろうって……やっぱり、鬼を養子にはできても、恋人にする気は起きないのかな、とか……」

「——鬼か人かなんて、考えたことはないよ」

思いのほか強い口調で否定されたが、公貫の視線はまだ庭に向いていた。

「鬼だからっていうんじゃなく？」

「桔梗はいい子だよ。真面目で面倒見がよくて、思いやりがある。……しかしね、私にとっては、若すぎる。あの子は私より、十四も下だ」

「……年のことですか……」

ひとまわり以上の差は、たしかに小さくはないが。

「けど、父上は年齢より若く見えますよ。少なくとも、桃殿大納言より、全然若いです」

公貫と真珠の父の信俊は、同い年だ。信俊のほうはこの十年でだいぶ貫禄がつき、いかにも権力者という風体になってきたが、公貫は目立って変わったところはないように見える。たまに会う琴宮の見た目も、この十年でさほど変わってはいないので、兄妹ともに若々しいのだと思っていた。

「若く見えたとしても、実際に若いわけではないよ。鬼は長寿だというが、人は四十ともなれば、老いを考えるものだ」

「まだ三十八ですよね」

「四十まであと二年だよ。……いまさら桔梗のような若い娘に相手をしてもらおうだなんて、そんな図々(ずうずう)しいことは考えていない」

「……じゃあ、もっと早くにどうにかしてりゃよかったじゃないですか。六年前なら姉さんは十八で、父上だって三十二だったのに」

　楚割を口にくわえながら、瑠璃丸が低くつぶやくと、公貫は脇息に片手で頬杖(ほおづえ)をつき、深くため息をついた。

「……簡単にそう言えてしまうのは、おまえが思いきりのいい質だからだよ。さすが何の迷いもなく、真珠のために角を切っただけのことはある」

「もしかして、思いきって動けないうちに、十年経っちゃったんですか」

　そうだとしたら、桔梗が気の毒すぎるのだが。

「……思いきって動いても、年の差は変わらないんだよ、瑠璃丸」

「ああ、先のことを考えすぎたんですね……」

　白銀と三滝は、何かしゃべっては大声で笑い合っている。公貫に白湯を持ってきた女房が、椀を置いてそのまま下がっていった。

　咲き始めたばかりの白い卯(う)の花(はな)が、庭先で風に揺れている。

「……鬼を養子にするなんて、思いきったことはできたのに」

「おまえが何のためらいもなく、真珠の婿になると言ったからね。おまえの思いきりのよさが気に入ったんだよ。私には、その思いきりのよさがないから」

「姉さんのために、もう一度思いきりのいいことはできませんか」

公貫がそもそも桔梗に特別な感情は持っていないというなら、無理強いをする気はなかった。だが、年のことを気にしているだけならば、何とか説得できるのではないかと思ったのだが。

「私はとことん意気地のない男でね。年のことだけで躊躇していたのでもなく……」

白湯の椀を手に取り、公貫は口をつけた。

「……つまり、妻が二人も病死している。私と結婚してそれほど経たずに、だ」

「姉さんは丈夫ですよ。鬼ですから」

「……鬼は、病にならないか？」

「あんまり聞いたことないですね」

先祖に人がまじっている鬼の中には、人の病に似た症状で寝ついたことのある者もいるというが、それほど長患いになることはないらしい。

「それからね、もし桔梗を妻にして——子が生まれたら、とも考えてね」

「……子が生まれるのは、いいことじゃないですか」

瑠璃丸が怪訝な顔で公貫を見ると、公貫もようやく瑠璃丸のほうに目を向けた。何やら難しい表情をしている。

「……おまえにこれを言うのも、どうかと思うが……角の生えた子が生まれたら、と考えたんだよ」

「角……」

それはあり得る。

角が生えている同士の両親から、角のない桔梗や竜胆が生まれたように、角のない同士でも、両方、あるいは片方が鬼ならば、生まれてきた子に角が生えてくることはあるというのだ。昔、子供のころ、どうして桔梗姉ちゃんには角がないの、と両親に尋ねたとき、そう教えられた。

「角の生えた我が子に、人の世で生きるために、瑠璃丸のように角を切りなさいと、はたして言えるだろうか。そもそも無理に切らせるべきなのか。……いろいろと考えてね」

「それは……うーん……」

腕を組み、眉間を皺(しわ)めて、瑠璃丸も黙りこむ。

たしかに難しい問題だ。子供の角の有無は、生まれてくるまでわからない。いや、生まれたときは角がなくても、あとになって生えてくることもある。

「真珠とそういうことを話したことは？」

「……ないですね、そういえば」

本当に結婚できるのかどうか、という年月があまりに長かったため、結婚後のことまで考える余裕はなかった。

……そうか。子供か。

真珠はどう思っているのだろう。子供について、考えたことはあるのだろうか。

「……ちょっと、あとで真珠と話し合ってみます」

「そうだね。それがいい」

「だから父上も、姉さんと話し合ってみたらどうですか」

「……」

公貫はそれには返事をせず、ただ微苦笑を浮かべて松の実を口に放りこんだ。

「——角の生えた子が生まれたら？」

両親は日暮れ前に近江へと帰り、桔梗と竜胆が公貫邸に戻ったのと入れ替わりに、瑠璃丸は桃殿の西の対へ出向いた。

　あまり人の多いところでする話ではないと思い、夜になって女房たちが各々の局に下がってから、瑠璃丸は帳台の内で真珠に、今日の昼間に公貫と話題にした桔梗のことを伝え、そして今後生まれるかもしれない子供について尋ねた。

「俺、父上に言われるまで、全然考えたことなかったって気づいて……」

「わたくしは考えているわ。ずっと前から」

「え」

　真珠は驚くでも難しい顔をするでもなく、平然と座っている。

「ずっと前って、結婚より前？」

「もちろんよ」

「……え、で、どうするんだ？　角が生えた子だったら……」

「どうもしないわ」

「は？」

　瑠璃丸は口を半開きにしたが、真珠も首を傾げていた。

「わたくしたちの子でしょう？　可愛がって育てるわ」

「……角があっても、髪が銀色でも？」

「ええ。瑠璃丸に似ていたら、きっときれいな子よ」

にこやかに語るその様子は、本気で子供の角の有無など気にしていないように見えた。いや、そもそも鬼を婿にしようなどという胆力があるのだから、角の生えた子が生まれるぐらいでは動じないのか。

瑠璃丸がそんなことを考えていると、真珠がふと、真顔になる。

「あのね、瑠璃丸。わたくし、先のことって、少しは考えておくべきだけれど、考えすぎてもいけないと思うの」

「……先のことはわからないから？」

「そうよ。だって、おじい様とお父様は、わたくしが生まれるなり、后がねだと決めてしまったけれど、いまはどう？　わたくしのことは、ちっとも思いどおりになっていないのよ」

「……帝じゃなくて、鬼と結婚だもんな……」

きっと先の先まで考えていたに違いないし、途中までは考えていたとおりになっていたのだ。父親が魔の姫を連れ帰ってしまうまでは。

「だから子供のことは、生まれてから考えたって遅くないのよ。いま決めておくことは、うんと可愛がって育てるっていうことだけ」

「……そっか」

「ええ」

真珠はまた、にっこりと笑う。

自分は子供のことなど、今日、公貫に言われるまで思い至らなかった。

だが、真珠はとっくに考えていた。

考えて――考えすぎないと、すでに決めていたのだ。

「そうだな。俺だって、まさか人の世で暮らすことになるなんて、十歳より前は思ってもみなかった」

「でしょう？　おじ様は考えすぎてしまうのね。それと、年の差のこと？　年の離れた夫婦くらい、世の中にはたくさんいるのに」

「……いるのか？」

他所（よそ）の家の話など滅多に聞く機会がないので、世間にどんな夫婦がいるのか、よく知らないのだが。

「ええ。わたくしが聞いた中で、一番年が離れていたのは……夫が六十過ぎで二十歳くらいの後妻を迎えた、という話かしら」

「……四十違い？」

「気にしない人は気にしないのよ」

　真珠は苦笑して、傍らの枕を置き直す。瑠璃丸もひとつ息を吐き、ごろりと横になった。

「……そういう話、父上に山ほど聞かせてやろうかな」

「聞かせてさしあげていいけれど、あまり急くのもいけないわ。最後はおじ様と桔梗の、ふたりのことだもの」

「それもそうか……」

　これが桔梗の耳に入ったら、お節介はするなと怒られるかもしれない。

「それに、近ごろおじ様はお忙しいと聞いたわ。お仕事が大変なときに、そういった御自分のことは、落ち着いて考えられないかも……」

「ん？　……ああ、そういえば、盗賊がどうこうって、このまえ言ってたな。今日は昼に帰れたけど、最近帰りが夕刻だったりしてたな」

　今回の盗賊騒ぎは何かと面倒が多く刑部省も忙しいのだと、公貫がぼやいていた。

「狙われたのが、わりと位の高い家ばっかりみたいでさ。そうなると体面に関わることもあるとかで、あんまり検非違使に協力しないで、内々で解決しようとするところもあるらしい。でも怪我人も出てるっていうから、早く下手人を捕まえるために、刑部省も手伝ってるって」

「物騒ね。うちも気をつけないと……」

微かに眉をひそめ、真珠は手近に置いてあった切燈台の火を消す。帳台の内が暗くなった。

「怪しの気配ならすぐわかるけど、盗賊の気配はなぁ……。人の気配だけならわかっても、盗賊なのか家人なのか、区別がつかないかもしれない」

「あら、わたくし、瑠璃丸に盗賊まで追い払ってもらおうなんて、思っていないわ」

衣擦れの音がして、真珠がすぐ側に横たわる。

「瑠璃丸には、怪しの物のことで頼りきりだもの。盗賊くらい、自分たちで何とかしないと」

「何とかって？」

「警備の者を増やすとか、築地塀が壊れて盗賊が入りやすくなっているところがないか、確かめるとか」

「まぁ、ちゃんと備えてるって、外からも見えるようにしておくのが一番だろうな。物々しくなるだろうけど……」

つぶやくと、横で真珠が小さく笑ったのが聞こえた。

「……ん？」

「あ、いいえ。……物々しいの、案外、お母様は喜ぶかもしれないと思って……」

「え？　何で」

出会った当初は、いかにも上品でやさしい女人としか見えなかった琴宮だが、実はなかなかの変わり者であるようだとは、瑠璃丸も察していたが。

「警備を強めたら、武人が増えるでしょう。……お母様ね、武人がお好きなの」

「……どういう意味」

寝たまま首を傾げると、胸元で真珠がくすくすと笑う。

「えっとね、昔からそうなのですって。背が高いとか、体がたくましいとか、そういう人を見るのが好きだって、お母様、前に言っていたわ。武人は力が強い人が多いでしょう？　だから内裏で暮らしていたときにも、よく滝口の近くまで行って、こっそり武士を眺めていたって……」

「……へぇ……？」

「今日も、瑠璃丸のお父様が帰り際にこちらまで御挨拶に来てくださったの、喜んでいたわ。──あ、でも、別に恋心とか、そういうものではないのよ？　本当に、ただ見るのが好きなだけですって」

「そうなんだ……」

やっぱり変わり者だった。

もしかすると、鬼を娘婿にすることにあっさり賛成したのは、鬼の見た目が気に入ったからだろうか。鬼は大抵、人より大柄だ。

「……昔からって、琴宮、子供のころに、例の一本角の鬼を見てるよな？　まさか、あのときから……」

「あ、そのときはさすがに驚いて、見て楽しむなんて考えもしなかったみたい。滝口の武士を見にいくようになったのは、もっとずっとあとですって」

「けど、桃殿大納言はそれほど背が高くない……よな？」

さほど低いわけでもない、ごく普通ではあるが。

「ええ。そこは正直がっかりしたって。あ、お父様には内緒ね？」

内緒も何も、信俊と会っても絶対にそんな話題が出ることはない。ないはずだ。

「好きなものって、それぞれよね、本当に」

「……そうだな……」

真珠の背を抱き寄せつつ——変わり者の娘もやはり変わり者で、そうでなければ、自分はいまこうして真珠と共寝してもいないのだろうと、瑠璃丸は思っていた。

◆◆・・・・・◆◆・・・・・◆◆

「――姫様、弘徽殿(こきでん)の女御(にょうご)様から文が届いております」

母屋に入ってきた女童(おんなわらわ)の言葉に、周囲にいた女房たちがいっせいに顔を上げた。

「乙姫(おとひめ)から？　文だけ？」

「文と、あと箱が……」

「――貸して貸して。見せて！」

真珠に直接渡そうとしていた女童を、一番若い女房が止めて、箱を取り上げようとする。女童はその勢いにおびえ、文と箱を抱えて立ちすくんでしまった。

「ちょっと、駄目でしょう。まずは姫様にお渡ししないと」

最年長の女房、伊勢(いせ)が、若い女房をたしなめて、女童に真珠のもとへ運ぶよううながす。

弘徽殿の女御として後宮にいるのは、真珠の四つ下の実妹で、家にいたころは乙姫と呼ばれていた。后がねだった真珠が瑠璃丸と結婚すると決めてしまったため、その代わりに入内したようなかたちになったが、当の妹は頻繁に物の怪が出没して落ち着かない家にいるより、後宮のほうがよかったらしく、いまでは折に触れ、真珠に文や宮中で流行りの物語などを送ってくれる。おかげで桃殿西の対の女房たちは、弘徽殿から届くものを楽しみにしていた。

「慌てないで、もう少し待っていてちょうだい。──笹葉、箱を開けてみて」

真珠は苦笑し、自身は文だけ受け取って、箱は笹葉に任せる。

「じゃあ、失礼しますね。……あ、今日は巻物ですよ」

「あら、絵巻かしら？」

笹葉が差し出した箱の中を覗くと、巻物が二巻、入っていた。妹からの文にざっと目を通すと、だいぶ前に誰ぞから献上された物語絵巻だが、弘徽殿ではもう見終えたので、桃殿の皆で楽しんでほしいと記されている。

「物語絵巻ですって。──みんな、先に見ていていいわよ」

真珠の言葉に、女房たちがわっと華やいだ声を上げた。女房の一人が笹葉から箱を受け取り、他の女房たちのもとへ持っていく。

女房たちが絵巻を囲んでいるあいだ、真珠はあらためて妹の文を開いた。

「……四条の姫君、元気にしているみたいね」

「おや、そうですか」

「ああ、麗景殿（れいけいでん）に入ったんですよね」

絵巻を見には行かず、真珠の側に控えていた伊勢と笹葉が、そろって声を上げる。

四条の姫君は真珠の異母妹で、ふた月ほど前、入内に備えて一時この西の対に滞在していた。そのさい鬼に襲われかけたが、めげずに予定どおり入内し、いまは麗景殿の女御と呼ばれている。

それらの顚末（てんまつ）は弘徽殿にも知らせておいたのだが、妹の文によると、四条の姫君はつつがなく過ごしているらしかった。

「弘徽殿と、麗景殿と……あと、たしか尚侍（ないしのかみ）の一人も、大殿が通っていらしたどこぞの女人が生んだ姫君でしたよね。身内から三人も後宮に入れられて、大殿と殿もひと安心じゃないですか」

「大殿と殿が、入内だけで安心なさるはずがないでしょう……。皇子が生まれるまでは、これでも不足と思っておいでのはずですよ」

「え、もっと入内させるんですかぁ？」

笹葉と伊勢の会話に苦笑しつつ、真珠は文を読み進める。

「……伊勢の言うとおり、おじい様もお父様も、乙姫か四条の姫君が皇子を生むまで心配の種はつきないでしょうね」

「何かございましたか？」

「今年入ってきた新しい典侍がね、三条の典侍というらしいのだけど、すごい美人なのですって。おじい様とお父様、その典侍が帝の御寵愛を受けてしまうのではないかって、やきもきしているみたい」

「あら……」

　笹葉が大げさに顔をしかめ、真珠の手元を覗きこんだ。

「その典侍って、どこの姫君なんです？」

「お父様と同じ大納言の、藤原清貞様……あ、三条大納言と呼ばれている方ね。その方の御息女ですって。だから三条の典侍なのね。……ああ、でも――」

　真珠は先まで読んで、ふっと笑う。

「これはお父様たちが、勝手にやきもきしているだけだわ。三条の典侍、帝ではなくて、大勢の公達から求婚されているみたい。あまりに大勢が三条の典侍に恋文を送っているものだから、帝はむしろ、典侍が誰を選ぶのか、面白がって見ておいでなのですって」

　ひととおり読み終えたので、真珠は笹葉と伊勢にも文を見せてやった。

「……それほどの美貌なら、殿が求婚者に交じって、文を送っておられるやも……」

「あ、それ、あり得ますよね。違う意味でやきもきしてたりして」

弘徽殿からの文を読みながら、伊勢と笹葉がひそひそと話している。真珠は一応、聞こえないふりをしていたが、内心では、たしかにそうかもしれないと思っていた。

若いころの父は、降嫁してきた皇女——母に遠慮して、他所の女人のところへ行くにもこそこそしていたようだが、四十も近くなって図太くなったのか、最近はあまり隠すこともなく、あちこちに妻を増やしているという。

瑠璃丸などはそれを聞いて、どうして妻一人を大事にすればいいと思わないのかと不思議がっていたが、その一人を持つにもためらっている伯父には、四十歳差の夫婦の話より、隣家の同い年の義弟の話をしてあげてほしいと、伝えたほうがよかったかもしれない。

「姫様——」

先ほど文と絵巻を運んできた女童が、小走りで戻ってきた。

「姫様、周防さんがお見えです」

「周防が？」

振り向くと、寝殿の女房の周防が西の対の母屋に入ってくるところだった。

「まぁ、周防、どうしたの？」

「失礼いたします。苺が手に入りましたので、琴宮様が、姫様にもお分けするようにと。いま下屋で用意させておりますので、後ほどお届けいたします」

「あら、苺？　嬉しい」

真珠は声を弾ませ、周防に円座を勧める。

「いまね、弘徽殿から文と絵巻が届いたのよ。お母様のところにも来た？」

「弘徽殿からの文でしたら、はい、先ほどこちらにも……」

そう告げた周防の表情は、何故か困惑気味だった。

「……どうかしたの？　何かあった？」

「はい。いえ、その――差し支えなければ、こちらに届いた文を、読ませていただきたいのですが……」

周防にしては、歯切れの悪い口調だ。

「それは構わないわよ。はい、これ」

「失礼いたします……」

すまなそうに文を受け取り、周防は素早く内容を確かめていく。

「……こちらの文にも、三条の典侍のことが書かれているのですね」

「お母様宛ての文にも書かれていたの？」

「さようでございます。……ですが、こちらは典侍のことだけでございますね」

「だけ、って？」

周防から返された文を側にいた伊勢に渡し、真珠は首を傾げた。

「実は、琴宮様宛ての文には、東の対の若君についても記されておりまして……」

「え、高俊？」

この家で東の対の若君といえば、そのとおり桃殿の東の対に住まう、幼名を鶴若、元服したいまは藤原高俊と名乗っている、真珠の二歳下の弟である。元服後に両親が暮らしている寝殿から東の対へ移ったが、まだ出仕する年齢ではないので、将来に向けての勉強をしつつ、年の近い友人たちと気ままに遊んでいると聞いていたが。

「あの子がどうかしたの？」

「それが、弘徽殿からの文によりますと……若君が、三条の典侍に懸想しておられるようだと……」

「……ぇぇ？」

思わず声が裏返ってしまった。

「でも高俊は、まだ任官されていないでしょう？　典侍がいるのは宮中なのに、どうして懸想できるの」

接点はない、はずだが。

「どうやら、すでに出仕しておいでの年上の御友人から、三条の典侍の評判を聞き、その御友人に連れられ、宮中へ……」

「まぁ――」

真珠は声を上げ、軽くのけぞった。

「噂の美女を見るために？」

「そのようですね。それですっかり夢中になってしまわれて、三条の典侍を垣間見るために、しばしば宮中へ行かれて、とうとう弘徽殿の女御様のお耳に入るまでになったようです」

「……それは……」

別に任官されていなくとも、内裏に出入りすることはできる。文使いが行き来することもあれば、殿上人の従者が主に届け物をすることもある。だから高俊が何食わぬ顔で出向いても、さすがに昇殿までは許されないにしても、内裏の外に追い出されることはない。

ましてや高俊は左大臣の孫、大納言の嫡子、そして弘徽殿の女御の実兄だ。高俊は元服前に童殿上(わらわてんじょう)をしたことがあり、すでに来年、十七歳での叙爵も予定されている。いまだ任官されていないからといって、表立ってとがめる者もいないだろう。

とはいえ、とがめられはしないからといって、乙姫が気まずくないというわけでもあるまい。出仕前の身内が宮中で、よりによって色恋がらみで噂になるとは。

「あのー、周防さん、その典侍って、幾つくらいの姫君なんです？」

「十七と聞いていますよ。典侍の中で一番若いと」

「若君のひとつ上ですかぁ。でも典侍になったばかりですよね？　それですぐに恋人作りますかね。しかも若君だけじゃなく、大勢が求婚してるって」

弘徽殿からの文には、たしかにそう書かれている。

「ええ、それが問題のようで……。多くの公達が恋を争い、いささか見苦しいことにもなっているとか」

「え、宮中で？　それはまずいですよね……」

ため息まじりの周防の言葉に、笹葉も眉根を寄せた。

「その——見苦しいことの中には、若君も含まれているのでしょうか」

「さて、それは……」

伊勢の問いに、周防は渋面で首をひねる。

「まだわかりません。若君よりももっと以前から、三条の典侍にのぼせあがっている公達は何人もいるようですので、主に見苦しいのはそちらかと思いますが……若君もいずれそのようになってしまうのではと、女御様も危惧しておられました。それで私が、こちら宛ての文にも何か書かれていなかったか、姫様にお伺いしてくるようにと、琴宮様から……」

なるほど、兄が恋に夢中になり、任官もされないうちから宮中で何かしでかすのではないかと心配して、乙姫が家に文を寄越したのだ。

ただ、こちらは元服後の高俊とは住まいが分かれたこともあり、ほとんど会っていない。だから乙姫も、この三条の典侍に関して、姉のところには祖父と父のちょっとした愚痴を、母のほうには兄への不安を知らせたのだろう。

「わたくしのほうには、読んでのとおり、これだけなの。高俊のことは書いていないわ。でも、お父様とおじい様が三条の典侍のことで気を揉んでいることは、お母様への文には、きっと書かれていないでしょう？」

「……さようでございますね。それは」

「お父様たちは乙姫に早く皇子を生んでほしくて、いろいろ気にしているのでしょうけど、これればかりは思いどおりになるとは限らないもの。それなのに急かされているようで、乙姫も憂鬱なのだと思うわ。だからって、それをお母様への文に書いてしまったら……」

「はい。殿の目に触れてしまうかもしれません」

文の内容を分けたのは、乙姫の気遣いだ。

「しかし、どちらも原因は三条の典侍でございますね。若君もどうされるのか……」

「……節度を守っていれば、恋をするのは悪いことではないわ？」

「得てして、節度を忘れがちになるのが恋というものでございますよ、姫様」

「あ、それはそうね……」

生真面目な周防の口から恋がいかなるものか語られたのがおかしかったのか、笑いそうになったと思しき笹葉が、慌てて口元を袖で隠して空咳でごまかす。伊勢はすまし顔のまま、笹葉の脇腹を肘で小突いた。

「でも、そういうことなら、お父様かおじい様にたしなめていただくほうがいいのでしょうね。出仕前におかしな噂が立つのは、お父様だってお嫌でしょう」

「殿がたしなめてくださるとよいのですが……」

むしろ帝の寵愛が三条の典侍へ向かないよう、いち早く恋の勝者になれと、息子をけしかける可能性もなくはないか。

　しかし母や乙姫の懸念を思うと、高俊にはかわいそうだが、三条の典侍がこれまでの求婚者からすぐにも誰かを選んでくれれば――と考えてしまう。

　そこへ女童が、皿に盛った苺を運んできた。伊勢が早速小皿に取り分けて、真珠の前に置く。

「きれいな色の苺ね。皆で食べましょう。周防も」

「いえ、私は」

「いいじゃないですか。周防さん、あっちじゃそんなに食べてないんでしょ？」

　真珠の言葉を受け、笹葉がすぐに周防のぶんも皿に取った。

「……それにしても、そんなにたくさん求婚する人がいるって、いったいどれほどの美人なのか、一度見てみたいですよねぇ。その三条の典侍」

　笹葉が自分のぶんの苺を取りながらつぶやくと、途端に周防が呆れ顔になる。

「あなたが言うと、本当に見にいきそうで恐ろしいですよ、笹葉」

「いえいえ、さすがに行きませんって……」

　両手を振って笑う笹葉の横で、伊勢がちょっと考えこむように空(くう)を見た。

「……私がすごい美人と聞いて思い浮かべるのは、月草さんや桔梗のようなお顔ですね。ああいう華やかな顔立ちの女官がいたら、きっと噂になりますよ。お二方はどうしても、髪の色のほうに目を引かれてしまいますが……」

「あ、それはわかるわ。本当にきれいなのよね。竜胆もきっと美人になると思うの」

「女の鬼って、みんなあんなに美形なんですかねぇ。それとも、月草さんたちが特別なのか……」

「――どうも女鬼は、皆なかなかに見目のよい者が多いようでございますよ」

周防が言い、真珠と笹葉、伊勢は、苺の皿を持ったまま一斉にそちらを向いた。

「周防、月草さんたち以外の鬼、知っているの？」

「いいえ。先だってこちらに月草さんたちをお招きしたさいに、琴宮様と月草さんのお話を伺い、そう思いまして」

「あら、何の話をしていたの？」

月草はずっと母とお喋(しゃべ)りをしていたが、こちらは桔梗、竜胆と話していたので、月草が何を語っていたのか、すべて聞いていたわけではない。

「近ごろは、鬼の世も大変だと……。桔梗や瑠璃丸君などは、他の鬼にうらやましがられることもあるそうで」

「うらやましい……？」

「はい。つまり、人の世で居場所があることを、うらやましがられると」

周防の話によると、月草曰く、近年、鬼同士で家族を作るのは、なかなか難しいのだという。

そもそも鬼はどういうわけか男のほうが多く、女鬼はあまり生まれないため、数が少ない。だから夫婦になれる鬼も少なく、しかも先祖に人が混じっていない生粋の鬼ほど、子が生まれづらい傾向にあるのだそうだ。

生粋の鬼は力が強く体も頑丈で長命だが、子孫が残りにくいという理由で、いまでは鬼の世でも、滅多に出会えなくなっている。代わりに増えているのが、人の血が入った鬼だ。女鬼に出会えなかった男鬼が人の女と夫婦になり、鬼と人を両親に持つ子が生まれる。鬼としては弱いが、人としては強く、そして何より子を生しやすかった。鬼同士の夫婦では、一人か二人、子ができればいいほうだが、鬼と人なら三、四人、その子がさらに人と交わると、多ければ十人も生まれることがあった。

そこまでくると、中には角のない、見た目がまったく人と変わらない子も生まれてくる。すると親鬼は考えるのだ。

こうまで人に近くては、鬼の世で暮らすのは危険なのではないか。人より力が強いとはいえ、鬼としては弱すぎる。もし他の鬼と縄張りを争うようなときは確実に負けるし、命を落とすかもしれない。あるいは人を食らうには人里に出なければならないが、山に住む人のような鬼なら、里に下りることなく狩れるからと、生粋の鬼の獲物になってしまうかもしれない。この子が安全に暮らすには、人の世の中がいいのではないか──

「……こう考える鬼が多く、それですでに人の世に馴染んでいる桔梗と瑠璃丸君が、生粋ではない鬼たちのあいだで噂になり、うらやましがられているのだと、月草さんが話しておいででした」

「……そういうことなの……」

瑠璃丸からも桔梗からも、そういった鬼の世のことは、あまり聞いたことがない。

真珠はゆっくりと目を瞬かせる。

「それで実際にある鬼の夫婦が、その地の郡司のもとへ、人に近い見た目の子らを、鬼とは言わずに奉公させてみたところ、男は力仕事ができるし女はどの子もたいへん美しいと、喜ばれたとか」

「ああ、桔梗くらいの美人を女房として置けたら、それは自慢になりますね」

伊勢が納得したようにうなずいた。

「月草さんにお子が七人いるのは、生粋の鬼じゃないから、ってことなんですねぇ。でも、どうして生粋の鬼だと子が少ないんでしょうね」

苺を摘まみながら笹葉が伊勢に目を向けたが、伊勢がその答えを知っているはずもなく、互いに首を傾げている。

「理由はわからないけれど……生粋の鬼が子だくさんだったら、大変でしょうね」

「え、何でですか？」

「だって、人を食べてしまう強くて長生きの鬼が、たくさん生まれるということでしょう？　わたくしたち、とてもかなわないわ」

「あー、世の中、鬼だらけになっちゃいますね……」

うなずきつつ笹葉が苺を口に含み、何ともいえない顔で低くうめいた。

「笹葉？」

「……すみません。これ、酸っぱくて」

「たまにあるわよね、すごく酸っぱい苺」

「笹葉は何でも顔に出しすぎですよ。女房たるもの、時には平静を保てるよう……」

周防の説教が始まってしまい、笹葉は余計に酸っぱそうな表情で首をすくめる。

真珠と伊勢は、それを見て笑い——三条の典侍のことも鬼の子の話題も、この日はそれきりになった。

「……だからね、そうじゃないのよ。持てるからって、お膳も折敷も、片手にひとつずつ持つものじゃないの。ひとつを両手で持って運ぶのよ」

「えー、でも、いっぺんに持てば早く運べるのに……」

母屋の奥から、桔梗と竜胆のやり取りが聞こえてくる。竜胆が公貫邸に来て以来、ずっとこの調子だ。

◆◆・・・・・◆◆・・・・・◆◆

「……やっぱり、竜胆に女房勤めは無理じゃないですかね」

南の庭に面した廂で、白い碁石を手の内で転がしつつ、瑠璃丸はつぶやいた。

目の前には碁盤があり、その向こうでは公貫が腕を組んで、盤上を凝視している。

「せっかく若い女房が増えると思ったんだがな。……難しそうか」

「性格が雑なんですよ、あいつは」

「桔梗は仕事が丁寧だから、妹も大丈夫かと……」

「上にもう一人、兄がいますけど、女の中では一番年長ですからね、桔梗姉さんは。

しっかりしてるんです。あと、父上によく思われたくて頑張ってるってのも、あるでしょうけど」

「……」

公貫は無言で苦笑し、黒い碁石を置いた。

「下屋で力仕事をさせたほうが、竜胆も気楽かもしれません」

「そうだね。そちらの仕事もやらせてみて、どちらがいいか、本人に決めさせよう。今後ずっとあれでは、桔梗のほうが先に音を上げそうだ」

公貫が傍らの小皿から松の実を摘まむ。瑠璃丸は少し考えて、石を打った。

「ところで父上、今日は早かったんですね。盗賊の件は片付いたんですか？」

「いや、何も片付いてはいないが、ここ何日か賊が現れていないのでね。まぁ、昼で帰ってもいいだろうと。……瑠璃丸こそ、桃殿に行かなかったのか」

「夜は行きますし。今日は弓の稽古をする日だったんですよ」

瑠璃丸も自分の手元にある小皿から、松の実を取って口に入れる。

「真珠のところにいると、つい気が緩んで……。最近は怪しも少なくなったから、別のことで体動かしておかないと」

「緩められるようになったのは、いいことだ」

公貫は笑って、石を打ち返した。

「任官されたら、そうもいかなくなるだろうからね。いまのうちにのんびりしておくといい」

「……そんなに忙しくなりますか」

「若いうちは、何かとこき使われるさ。まぁ、いまの刑部省なら検非違使ほど忙しくはないが――」

公貫がふと顔を上げ、外を向く。砂を踏む誰かの足音は、瑠璃丸の耳にも届いていた。雑色が庭仕事に来たのかと思ったが。

「……おや。噂をすれば、忙しい者だ」

公貫の視線の先を見ると、庭先に男が現れた。

額に目立つ大きな黒子がある、赤い狩衣の――

「……」

瑠璃丸は思わず、眉間を皺める。

検非違使の看督長、笠是道だ。ふた月ほど前、鬼が下手人のかどわかしの件で知り合った。「刑部卿源公貫の息子」の正体が鬼であると探り当て、鬼には鬼をと考えたのだろう、検非違使への協力を要請してきたのだ。その結果、本当に鬼と取っ組み合いをする破目になってしまった。

もっとも、そのさいに真珠を狙っていた魔の姫を退治することができたので、よかったといえばよかったのだが――だからといって、鬼だからというだけであてにされても困るわけで。

「へへ、どうも、お邪魔しておりますよ、刑部卿殿。御子息も、御無沙汰しまして」

是道は公貫と瑠璃丸を見上げ、うやうやしく一礼する。

顔をしかめたまま瑠璃丸が公貫を横目で見ると、公貫もどことなく不審がっているような表情で脇息にもたれ、庭のほうに体を向けた。

「どうかしたのかな、看督長。使庁は、いま多忙だろう」

「いやもう、まさにそのとおりでして」

「……あんたが来ると、厄介ごとの予感がするんだよなぁ」

つぶやいた瑠璃丸に、是道はわざとらしく驚いた顔をしてみせる。

「いやいやいや、滅相もない。御子息に厄介ごとを持ちこもうだなんて、そんな」

「だからさ、その御子息ってのが、もう胡散臭いんだって」

「たしかに。そういう柄でもない態度は、厄介ごとを持ってきたような証拠だな」

公貫もうなずき、身をひねって奥に声をかけた。

「——誰かいるか。検非違使庁から客人だ。白湯でも持ってきてくれ」

「ああ、いやいや、そんなもったいない」

「そこに立ったままでは話が遠い。上がるといい。——瑠璃丸、続きはあとだ」

公貫は勝敗のついていない碁盤を、盤上の石を崩さないよう慎重に脇へどける。

奥から顔を出したのは桔梗ではなく年配の女房で、いま御用意しますと言って、再び奥へ戻っていった。

是道は階を上がってきて、廂より一段下がった簀子に腰を下ろす。

「忙しいのは、そりゃもう近ごろずっと忙しいんですがね、どうしても御子息に尋ねたいことができまして。ああ、厄介ごとってほどのことじゃないんで、御安心を」

座ったことでひと息ついたのか、是道は幾らか気の抜けた口調で言った。

「俺に尋ねたいって、また鬼のこと？」

「あー、まぁ、鬼なんだかどうなんだか……ですがね」

是道は額を掻きながら、瑠璃丸を探るような目で見る。その額の黒子の位置が、仏の眉間の少し上にある白毫と同じだというので、世間で「仏の是道」と呼ばれているというが、いまのところその黒子以外に、仏を感じさせるようなところは何もない。それどころか、おそらく罪人の捕縛という職務のせいだろうが、その目には世の中のあらゆるものを疑い、心の裏まで見透かし、暴こうとしているかのような貪欲さがあった。実際に何かしでかした下手人なら、この目を向けられただけでぞっとするだろう。

「はっきりしないな。何。いつもどおりの喋り方でいいよ」

「ああ、まぁ、どうにもかしこまると肩が凝ってな。——じゃあ、直貫」

急に呼び捨てになるあたりが、是道らしい。公貫が小さく笑う気配がした。

「あんた、いま背丈はどれぐらいある。六尺はあるか？」

「は？」

この質問は予想できなかった。

「背丈……いや、六尺まではない。六尺までは、たぶんあと二寸ほど足りない」

「あんたの背丈が五尺よりちょっと下だったのは、何歳ぐらいのころだ？」

「五尺？　えー……」

「——ちょうど十年前だろう」

答えたのは公貫だった。

「おまえがここへ来たころ、まだ五尺まではなかったからね。五尺に届いたのは十二歳のときだった。だから五尺より少し下となれば、十歳、十一歳あたりだ」

「……よく憶(おぼ)えてますね、父上」

「おまえの近江の親を見れば、この子もどこまで伸びるだろうと思っていたからね。

——それで？　まさか私の息子の背丈だけを訊きにきたわけでもないんだろう？」

公貫が是道に視線を向ける。是道は軽く首をすくめた。

「へへへ。いや、まぁ、それがわかれば、用はすんだようなもんで」

「はぁ？」

背の高さを訊かれただけというのも、それはそれで気味が悪い。

「それでおまえの用がすんだとしても、こちらはすっきりしないね。大方、盗賊がらみのことで参考にしようとしているのだろう？」

「お、さすが刑部卿殿、鋭い」

「今回の盗賊については、刑部省もだいぶ協力しているつもりなんだがね？」

公貫は懐から取り出した扇を広げ、一見にこやかに笑った。暗に、手伝っているのだから情報があるならこちらにも寄越せと言っているのだ。

是道は背筋を伸ばし、ちらと瑠璃丸を見た。

「刑部卿。……御子息は、今回の盗賊のことをどれぐらい御存じで？」

「あまり詳しくは話していないよ。人を傷つける質の悪い盗賊だということだけだ」

そこへ年配の女房が戻ってくる。白湯の椀を公貫、瑠璃丸の手元に置き、さらに簀子に下りようとしたので、是道のぶんは瑠璃丸が受け取り、腕を伸ばして椀を是道の前に置いた。

女房が下がっていき、是道はそれじゃ遠慮なくと言い、本当に遠慮のない様子で、ぐっと椀をあおる。

「——はぁ、やれやれ。ちょうど喉が渇いてましてね。それで、えー、ああ、じゃあ直貫にも話しておくか」

是道はほっと息をつき、椀を床に置いた。

「一連の、同じ盗賊の仕業だろうって思われてる被害の最初の一件はな、町口の少将って呼ばれてる、右近少将藤原元芳の家で」

「町口の少将は、右大臣の息子だよ。まだ若い。たしか二十三だ」

是道の話を、公貫が補足する。

「そう、右大臣の息子の家だ。これが先月——四月の初めのことで、子の刻ごろ、どういう手を使ったのか、賊はきちんと門を開けて邸内に侵入し、家の中に忍びこんで塗籠を開けると、金目のものを片っ端から持ち出した。しかしその途中、物音に気づいた女房どもが起きてきて姿を見られるや、刀を抜いて女房どもを蹴散らし、几帳や壁代に火をつけて、駆けつけた家人たちにも斬りかかって手傷を負わせつつ、盗品を持てるだけ持って逃げてった――」

身振り手振りを交えて話していた是道が、ここで一度言葉を切った。首を伸ばして瑠璃丸の手元を覗く。

「……それ、松の実か？　ちょっとくれないか。小腹が空いた」

「ん？　ああ、いいよ」

瑠璃丸が皿ごと是道のほうへ押しやると、是道は松の実を片手で鷲掴みにし、豪快に口へ放りこんだ。

「もっと持ってこようか、松の実でも、何か他のでも」

「……いやいやいや、いい、これで充分だ」

音を立てて松の実を嚙みながら、是道が答える。

「ところで、その賊って、何人ぐらい」

「まだはっきり何人とはわかってないが、いまのところ、八人から十二人と見てる」

「火をつけたって、火事にはならなかったのか？」

「すぐに消し止めて、大事には至らなかったらしい」

是道は顔をしかめつつ、白湯の椀を取り上げたが、もうほとんどなくなっていたようで、すぐに椀を戻してしまった。それを見て公貫が振り返ると、後ろに控えていた年配の女房が、黙ってうなずき、立ち去った。

「――けど、この家はまだよかったんだ。いろいろ盗まれたが、火事にはならなかったし、斬られた家人も傷は浅かった」

「この家は、って……」

「町口の少将の家が被害に遭ってから三日後に、左兵衛佐（さひょうえのすけ）の平文輔（たいらのふみすけ）の家も同じ連中と思われる賊に入られた。これは、えーと……」

「平中納言の息子だよ。年は二十七か八だったと思うが、これが美男だと有名でね。宮中でもあちこちの女房と浮名を流している。まぁ、盗賊どもには関係ない話だが」

「こりゃまたどうも。お偉い人の話は、やっぱり刑部卿のほうが詳しいですな」

公貫の補足に、是道がひょいと頭を下げる。

「で、この家に侵入された時間や手口、盗みの方法まで、町口の少将の家とほぼ同じだった。だから三日前と同じ連中の仕業だと踏んだんだが、この家では、女房二人が刀傷を負い、几帳につけられた火がまわって、柱まで焦げた。そのうえ斬られた家人が一人、命を落としてる」

「……うわ」

「さらに四月の半ばになって、右衛門督(うえもんのかみ)の藤原正望(まさもち)邸が狙われた」

「右衛門督は右大臣の異母弟だね。たしか四十五歳ぐらいだったかな。もう少し出世してもよさそうなものだが、右大臣とはさほど親しくしていないようだから、今後もさほど昇進はしないんだろう。ただ、歌や書が巧みだというから、風雅を好む友人は多いらしい」

「……だそうだ」

もう公貫の補足を待っていた是道は、二度うなずいて瑠璃丸を見た。

「侵入方法、盗みの手口、これも前の二件と同じ。几帳は焦げたが火事にはならなかった。ただ、家人が三人、斬られて深手を負った。医師の見立てでは、そのうち一人は助からんだろうと。……一昨日見舞ったときには、まだかろうじて生きてたが」

暗い声で言い、是道はまた椀に手を伸ばしかけて、すぐに引っこめる。

「そこからしばらくは何もなかったが、今月に入って、春宮亮(とうぐうのすけ)の紀教経(きののりつね)の家が被害に遭った。この春宮亮は、さっき言った左兵衛佐の従兄弟(いとこ)らしいんだが……」

「平中納言の甥(おい)だね。平文輔と紀教経は、母親同士が姉妹なんだ。年は二十五、六だったかな、教経は。こちらもなかなかの美男と評判だ。左兵衛佐ほど遊んではいないようだが、たまには浮いた噂も聞く」

「ここの家は壁代に火をつけられて、寝殿東廂の床の半分近くが焼けた。が、建物が丸ごと焼けなかっただけましだったし、火事に気をとられて誰も賊に手向いしなかったおかげで、人は全員無事だった」

是道はまた松の実に手を伸ばし、今度は数粒だけ口に放りこむ。そこへ年配の女房が戻ってきて、是道の前に新しい白湯の椀と胡桃（くるみ）、餅が盛られた小皿を置いた。

「ああ、いや、すいませんね、どうも」

「小腹どころか、だいぶ腹が減っていたようだな。食べるといい」

公貫にうながされ、是道は今日一番深々と頭を下げると、早速餅を口に運ぶ。

小さな餅を二、三個腹に収め、白湯を椀の半分ほど飲んでから、是道はあらためて一礼した。

「──いやぁ、本題の前に、失礼しました」

「構わないよ。それで、本題は」

「この四件目、春宮亮の家の被害を調べていたときに、この家の女房の一人が、妙なことを言い出しましてね」

「妙な？」

「押し入ってきた賊の中に、鬼がいた──と」

「……」

瑠璃丸と公貫は、顔を見合わせた。

「父上は、それ、知らな……かったんですよね？」

「もちろん、初耳だ」

「そりゃ、まぁ、おれも昨日、その女房から聞いたばっかりでしてね。刑部省どころか、こっちの上役にもまだ報告してませんよ」

是道は腕を組み、息を吐く。

「その女房も、鬼を見たと思ったが、鬼が盗賊をやるなんて聞いたことがない、あとから考えたら見間違いかもしれないと言って、なかなか詳しく話そうとはしなかったんですよ。で、勘違いでもいいから見たままのことを思い出して教えてくれと、何度もせっついたら、ようやく話しまして」

「その女房は、いったい何を見て鬼だと思ったのかな」

公貫は脇息に肘を置き、身を乗り出した。是道は少しだけ声を落とす。

「賊は全員水干を着て、頭から首まで布を巻き、目だけを出して顔を隠していたそうなんですが、その女房が逃げる最中の賊の一人とぶつかったとき、賊が被ってた布がちょっとずれて、額が現れて——そこに、角が二本」

「……」

それは、鬼だ。

「で、それが鬼なら体がでかいはずだと思って、身の丈何尺あったか訊いたら、五尺か、五尺よりもう少し低いぐらいだったと」

「……それで背丈を尋ねにきたのか」

なるほど、押し入った盗賊の中に本当に鬼がいたとして、背丈が五尺ということから、少なくとも賊の一人の年齢がわかると考えたのか。

「え、って、つまり——盗賊の中に、十歳ぐらいの子供の鬼がいたってこと？」

「そういうことになるな」

是道は胡桃を嚙みながら、瑠璃丸の言葉にうなずいた。

「心当たりはないか？　盗賊になりそうな子供の鬼」

「ないよ。ない。そんなの……」

瑠璃丸は思わず大きな声で言い返す。

「そもそも俺はこの十年、ずっと都で暮らしてるわけだし、知ってる鬼なんか近江の親兄弟と、あと子供のころに何回か親の知り合いに会ったことがあるぐらいで」

「……ああ、そうだな。あんたもうだいぶ前に角切ってるんだったな」

是道は首の後ろを掻いて、うーん、とうなった。公貫も脇息に頬杖をつき、眉根を寄せる。

「鬼を見たというのは、その春宮亮の家の女房、一人だけなのかな」

「いまのところ一人だけですね。ただ昨日の今日なんで、まだ春宮亮邸以外では聴取してません。……もっとも、賊の中に鬼がいなかったか、なんて訊いたら、検非違使はいったい何を調べてるんだって、こっちが不審がられちまうと思うんですがね」

それはそうだろう。そこは慎重にしないと、いらぬ混乱を招きかねない。

「同じ春宮亮邸の、他の女房は？」

「それが、その女房が鬼だ鬼だと大騒ぎしてたのを、盗賊におびえてわけがわからなくなってたんじゃないかとか、たしかに鬼のように恐ろしい盗賊だったとか、まぁ、そんな感じで」

「要するに、他に見た者はいないんだな……」

公貫と是道の会話を聞きながら、瑠璃丸はふと、つぶやいた。

「……動きは？」

「あ？」

「いや、すばしっこいんだよ、鬼は。俺なんかも本当は、移動するのに走るより跳ぶほうが速いんだけど、そういう」

「……あー、あんた、ものっすごい身軽だったな、そういえば……」

是道がひとつ手を叩き、思い出した思い出したと言う。

以前、是道に「鬼退治」の協力を求められたとき、桃殿での異変を察知して、三条から二条まで、屋根から屋根へと跳躍して移動したことがあったのだ。普段はそんな距離を跳ぶことは慎んでいるが、夜間で緊急だったこともあり、是道の目の前でそれをやってしまった。

「あれは驚いた。一瞬で軽々と屋根に乗ったから――」

是道はそこで急に言葉を切り、空をにらんできつく眉間を皺める。

「看督長？」

「……外から跳んで、門の内に入り、鍵を開けることが可能だ」

「あ」

きちんと門を開けて邸内に侵入――と、さっき是道は言った。たしかに、鬼なら門や塀を乗り越えることなど、たやすいが。

「そうは言っても、梯子か何か使えば、人でも同じように侵入できるだろう」

公貫が難しい顔で、頬杖をやめる。

「それに盗賊が門から侵入する場合、大抵その家で働く者を仲間にして、中から鍵を開けさせていることが多いのではないか」

「もちろん、そこは真っ先に調べましたよ。ええ。疑わしいやつがいなかったわけじゃないですが、四件ともいたかっていうと、そこは何とも言えないもんで」

「町口の少将のところは、あまり協力的ではなかったと聞いたが」

「何たって右大臣の身内ですからね。それがお宝ごっそり盗まれたなんて、そりゃあ検非違使にも言いたくないでしょう」

「……そんなに盗まれたんだ？」

相手が検非違使に非協力的なのに、是道がごっそりと言うからには、秘されてはいても、ある程度は把握しているということだろう。

瑠璃丸は座ったまま少し前に出て、是道との距離を詰めた。

「だいたい盗賊って、どういうもの盗んでいくのさ」

「そうだな、稲や米、麦、布や衣、紙、鏡、武具……あと、牛や馬が盗まれることもある。とにかく、いろいろだ。米や麦は自分で食うこともあるだろうが、紙や鏡なんかは、市でさばかれる。ちなみに町口の少将のところじゃ、口の軽い家人によると、白瑠璃と紺瑠璃の壺、秘色青磁の瓶子、それから白檀や沈香、麝香とか、薫物の材料なんかの唐物も持ち出されたらしい」

「へぇ……。でも、唐物は珍しすぎて、市には出せないんじゃないかな」

「そういうものは都の外に持ち出せば、買い手はつくだろう。あるいは受領あたりの金を持っている者に、密かに売り払うか。……いずれにせよ、早く捕らえなければ、次は他の家々を巻きこんだ大火事にならないとも限らない」

渋面でそう言いながら、公貫は手にしていた扇を、半分閉じてはまた広げ——と、何度かくり返す。

「捕まえたいんですがね。次にいつどこに現れるやら」

困り顔で、是道は額を平手で叩いた。

「いまのところ四件に共通してるのは、四位五位の家ってことです。刑部卿も四位でしょう。こちらも充分警戒してくださいよ。もちろんこっちでも、夜間の巡回は強化してますがね」

「御苦労だね。巡回も危険だろう。賊に出くわす可能性もある。おまえも気をつけなさい」

「いっそ出くわしてくれりゃ、早く片付くんですがね」

ぼやきつつ、是道は皿に残った胡桃と餅を手早く懐紙に包むと、懐に押しこんだ。

「では、そろそろお暇しますよ。どうも御馳走様でした。刑部省でも何か情報掴んだら、すぐ知らせてください。――直貫もな」

「俺？」

「子供の鬼のことで、思い出したことでもあればな」

是道は腰を上げ、階を駆け下りて庭先に立つと、意外と丁寧に一礼して足早に去っていった。それを見送って、公貫が苦笑する。

「慌ただしい男だ。まったく、よく働く」

「父上。……父上も、賊の中に鬼がいると思いますか」

「さて、それは――」

公貫は広げていた扇を、ぱちりと閉じた。

「私は、いてもいなくても、そこは重要ではないと思うよ」

「え、どうして」

「これが鬼の集団の仕業だというなら、陰陽寮が出てくることになるかもしれない。しかし、いまのところこれは、ただの盗賊による被害だ。鬼が一人まじっていたとして、盗みに殺傷、火つけをやっているなら、それはただの悪党だよ。角の有無で罪は変わらない。たとえ鬼でも、人の世で人の盗賊と一緒に悪事を働いたなら、人の世の罰を受けることになるだろう。……もっとも、検非違使が鬼を逃がさず捕らえられるならば、の話だが」

「……なるほど」

たしかに、素性が鬼だから無罪放免というわけにはいかない。

「だが――子供の鬼か」

つぶやいた公貫の表情が曇る。

「鬼でも人でも盗賊なら罪人だが、子供だった場合、そちらのほうが対処に困るな。大人並みの荒業ができる子供の鬼……大人なのか子供なのか……」

十歳程度でも、鬼の子なら腕力は人の大人と大差ない。あるいはもっと強い。

「……子供の鬼……」

本当に盗賊の中に鬼の子がいるのなら――いったいどういう事情で、そんなことになっているのか。

「……父上」

「ん？」

「その、四件の……もっと詳しく知りたいんですけど」

「気になるか」

「……まぁ」

瑠璃丸の曖昧な返事に、公貫はふっと笑った。

「いいよ。明日、詳細をまとめたものを持ってこよう。知恵はいくらでもほしいからね。瑠璃丸も、賊の手がかりになりそうなものを見つけてくれ」

公貫が手を伸ばし、瑠璃丸の肩を叩く。瑠璃丸は、黙って頭を下げた。

「……それで、そんな難しそうなものを読んでいたの」

瑠璃丸が文机に広げていた文書を眺め、真珠は感心したようにつぶやいた。

「悪い。こっちにまで持ってきて……」

「それはいいの。何をしていても、来てくれたほうが嬉しいもの」

そう言って真珠は、瑠璃丸に笑顔を向ける。

正直、瑠璃丸がこれほどまめに、ほとんど毎日通ってくれるとは、結婚前には思っていなかった。何しろそれまでは、怪しの物でも現れなければ、瑠璃丸にはなかなか逢えなかったのだから。

それを思うと、瑠璃丸が日常をここで過ごしてくれることが嬉しかった。

「……でも、本当に鬼の子が盗賊になったりするかしら」

「うーん……。もちろん悪さをする鬼がいないわけじゃないけど、子供だしな……」

「もしかして、大人の鬼も一緒にいたりして？」

ちょっと思いついて口にしてみただけだったが、瑠璃丸ははっと顔を上げる。

「それはあるかもしれない。全員が布で頭と顔を隠してたんだから、他にも角のあるやつがいても、わからないはずだ」

「それなら、背丈が五尺どころか、六尺、七尺の盗賊もいたのかしら」

「あ。……それはどうだろう。そこまで書いてないな。そうか、盗賊の背丈か……」

瑠璃丸は冊子になっている調書をぱらぱらとめくり、低くうなった。

「書いていないなら、きっといなかったのよ。だって、そんなに大きな人がいたら、すごく目立つはずだもの」

「それはそうだな……」

瑠璃丸は冊子を閉じると、そのまま床に仰向（あおむ）けで寝転ぶ。

「角か。……どれぐらいの角だったんだろうな。生粋の鬼なら十歳ぐらいでも、結構伸びてるはず……」

手枕で天井を見上げながら、瑠璃丸は独り言ちた。

日はすでに暮れかけていて、女房たちが燈籠に火を入れていく。瑠璃丸の白銀の髪が、点ったばかりの明かりに照らされ、淡く朱の色に輝いていた。

真珠は眉根を寄せて何か考えこむ瑠璃丸を、傍らに座ってしばらく眺めていたが、やがて身を傾け、その顔を覗きこむ。

「……ん？」

「盗賊の人数って、はっきりとはわからないのでしょう？」

「ああ。看督長は、八人から十二人って言ってた」

「それなら、鬼の子が四件すべてに関わっているとは限らないわね」

「……」

瑠璃丸の眉間から皺が消え、少し驚いたように目を見開いた。

「たしかに、それは、そう……かも、しれない」

「でしょう？」

瑠璃丸が内心で、この荒っぽい盗賊の仕事に鬼が関係していてほしくないと思っているのは、察しがついている。そう思っているからこそ、わざわざ調書を読んだりしているのだ。何か、鬼の関わりを否定できる材料がないかを探して。

それなら、その材料を一緒に見つけてあげたかった。

「一件だけかもしれないし、その一件だって、見た人が一人だけじゃ、あまり確実とは言えないと思うわ」

「まぁ、そうなんだけど……」

その一人が見たものが問題なのだ。この言葉はあまり役には立たない。もっと他に材料はないだろうか。

真珠は自分でも冊子をめくってみた。あまり難しい漢字はわからないが、何となくは読めそうだ。

「……まぁ、右近少将のお家は、やっぱり盗まれたものがちょっと違うわね。でも、瑠璃壺や秘色の青磁はお父様もたくさんお持ちだから、うちも気をつけないと……。あら、右衛門督のところは、対の屋でも火つけがあったのね。ものを盗むために入っているなら、火までつけなくてもいいでしょうに……」

「そういえば、何でわざわざ火をつけてるんだろうな」

瑠璃丸が起き上がって、再び調書を覗きこむ。

「四件とも寝殿の塗籠から高価なものを盗んでる。それで途中で女房に見つかって、逃げる最中も手当たり次第に女房の衣や調度なんかも持っていってるんだけど、まず紙燭を持って侵入してるんだ。たぶん塗籠の中を物色するのに明かりが必要だからなんだろうけど、その紙燭で逃げながら火をつけてる」

「……でも、火事になるほど燃やすには、時間がかからない?」

「俺もそう思う。うっかり燈台を倒したことがあるけど、すぐに消せば、そのへんがちょっと焦げるぐらいだ。もし逃げる時間を稼ぐための火つけだとしても、母屋にいるのはほとんど女房なんだから、たとえば刀を見せておどすぐらいでも、充分時間は稼げるはずなんだ」

「火なんてつけていないで、すぐ逃げてしまえばいいのに、っていうことよね?」

丸腰の女房が、盗賊に手向いなどできるはずがないのだ。火で混乱させなくても、盗賊を見ただけで、むしろ女房たちのほうが逃げ出すだろう。

「そう。それなら家人たちが出てくる前に、無駄に刀を交えることもなく、外に出られるかもしれない」

「そうよね。おかしな話だわ……」

もちろん検非違使でも、そういう疑問は持っているはずだ。いろいろ難航しているのは、こういった不可解な点も影響しているのだろうか。

「——この三件目の右衛門督の家、本当だ、寝殿以外に東の対も火つけの被害があったんだな」

「何だか、嫌がらせみたいね。ものを盗まれたうえ、建物まで修理しないといけなくなるのだから……」

「こんなに派手なことしてるのに、まだ一人も捕まらないんだから、厄介だよな」

瑠璃丸が首をひねりつつ、冊子をめくっていく。

謎は増えていくばかりだが、肝心の鬼の関わりを否定できる材料らしきものは、なかなか見つからない。もっとも、真相はやはり盗賊を捕まえてみなければわからないだろう。

捕まえて——その中に、子供の鬼がいなければいいのだ。

「……真珠」

「はい？」

「しばらく、検非違使庁に様子聞きにいくから……」

「ええ」

「……行くのはときどきだし、昼には帰るようにする」

妙に遠慮がちな瑠璃丸に、真珠はくすりと笑って、上目遣いに顔を見た。

「大丈夫よ。もう怪しの物は滅多に出てこないし、もし何かあったら、ちゃんとあなたを呼ぶから」

「……うん」

「あなたのお守りだってあるし、心配しないで。……わたくしだって、盗賊が早く捕まってくれたほうがいいわ」

「うん。……そうだな」

瑠璃丸が少しほっとした表情でうなずく。

真珠は微笑んで、その肩にもたれかかった。

第二章　藤原高俊、恋に迷うこと

五月も末になり、庭の桃は小さな青い実をつけ始めていた。

瑠璃丸は何度か検非違使庁へ出向き、件の盗賊について調べていたが、何しろ被害に遭ったのが高い官位の家ばかりのため、気軽に現場を見ることもできず、また四件目の春宮亮邸以降、同じ盗賊が現れていないこともあって、これ以上はどうにもならないと、調査は難航している。

そんなわけで、瑠璃丸はまた日中も桃殿西の対で過ごすようになっていた。

「――姫様、琴宮様からのお言伝(ことづ)てがありまして……」

真珠が瑠璃丸と一緒に、猫に鞠(まり)や紐(ひも)を投げて遊ばせていたところへ、女房の一人がやって来た。

「お母様から？」

「はい。大宰府(だざいふ)からの荷が届いたから、ほしいものがあれば分けてあげます、と」

「あら。じゃあ、唐物ね」

鞠を床に転がして、真珠はちょっと考えこむ。猫がその鞠を追って、飛びついた。

「でも、わたくし唐物はそんなに使わないのよね。ほしいものも思いつかないし」

「唐物って、どんなものがあるんだ？」

猫の前に紐をちらつかせながら、瑠璃丸が訊く。

「このまえ町口の少将の家から盗まれたっていう、ああいうやつみたいなのか？　壺とか瓶子とか……」

「そういうものもあるでしょうね。あとは紙とか香木とか――あ、香木はほしいわ」

「なら、行ってきたらいいんじゃないか？　見ればもっとほしいものがあるかも……おっと」

動く紐に飛びかかった猫が、勢い余って瑠璃丸の膝に着地した。

「あのぅ、琴宮様は、もし婿君がおいでなら、一緒にどうぞと」

伝言に来た女房が、真珠と瑠璃丸を交互に見る。

「え、俺も？」

「はい。刑部卿様にもお分けしたいので、届けてほしいとのことでして」

「ああ、そういうことか」

瑠璃丸は膝から猫を下ろし、立ち上がろうとして、ふと眉根を寄せた。

「……俺、寝殿に行っていいのか？　大納言がいるんじゃないのか？」

鬼である娘婿に、舅がいまだに良い感情を持っていないことは、瑠璃丸も承知している。

「大丈夫だと思うわ、瑠璃丸。お母様なら、お父様のいないときに呼ぶはずだもの」

「……ああ、そうか」

「行きましょう。——誰か、ついてきて」

真珠は近くにいた女房たち数人に声をかけ、瑠璃丸とともに寝殿に向かった。

母屋に入ると、南廂に畳が敷かれ、琴宮と女房たちが様々なものを広げて吟味しているところだった。

「——いらっしゃい、真珠。瑠璃丸も。これ、昨日届いたの。大殿と殿が必要なものは、もう先に取ったから、ここにあるものは好きに持っていっていいわよ。瑠璃丸はあとで、ここに兄上のぶんがあるから届けてちょうだい」

言いながら、琴宮が大きめの折敷に並べた紺瑠璃の壺、白瑠璃の坏と碗、錦や色紙などを手で示す。

「ありがとうございます。……すごいですね。これ、みんな唐渡りですか」

「もっと西のほうから来たものもあるわよ。——真珠、どれがほしい？」

「香木が見たいわ。あとは……」

香料の数々が広げられた畳の前に座り、真珠は幾つかを手に取った。

真珠と瑠璃丸より、連れてきた女房たちのほうが唐物に興味津々で、伸び上がるようにして覗きこんでいる。

真珠が女房たちの意見を聞きながら香料を選んでいるあいだ、瑠璃丸は琴宮や寝殿の女房に、唐物についてあれこれと尋ねていた。

「……ああ、じゃあ、こっちのわりと厚めの碗も、唐より西の……」

「そうだと思うわ。でも、こちらの——」

そのとき真珠たちが来たのとは反対側の渡殿（わたどの）から、何やら威勢のいい話し声と足音が聞こえてきて、近くの御簾（みす）がさっと跳ね上がる。

「——母上、唐物が届いたと聞いて……」

菖蒲重（しょうぶがさね）の狩衣を着た若者が笑顔で現れ——だが、そこにいた瑠璃丸と目が合うなり、その笑顔は露骨なほど強張った。

「あら、高俊……」

いまは桃殿の東の対で暮らしている真珠の弟、高俊である。

瑠璃丸は高俊の固まった表情からさりげなく顔を背け、腰を浮かせた。

「俺、先に戻り――」

「まだいいでしょう。ゆっくりしていきなさいな。いま軽く食べられるものも用意しているところなのよ」

琴宮がゆったりと笑いながら、瑠璃丸を引き止める。そう言われては去るわけにもいかず、瑠璃丸は座り直したが、今度は高俊が苦々しい顔で、近くにいた女房に小声で尋ねた。

「……何故ここに、あの鬼がいるんだ」

「それは――」

「私が呼んだのよ、高俊。でも、あなたは呼んでいないはずだけれど？」

琴宮が扇を広げて、横目で息子をにらむ。だが高俊は、ますます不満げに口を尖らせた。

「呼ばれなきゃここへ入ったらいけない、なんていうことはないでしょう？　唐物があると聞いたから来たんですよ」

「ええ、そうね。入ったらいけないことはないわ。でも真珠たちは呼んで、あなたはあえて呼ばなかったのはどうしてか、わかるかしら」

「……」

口は尖らせたまま、高俊は母の言葉に明らかな困惑を見せる。

真珠は取り分けた香木を置いた折敷を手に、黙って瑠璃丸の側まで下がった。

高俊は父や祖父と同様に、「鬼である婿」の存在を認めていない。后がねとして育った姉は何があろうと入内すべきだったと、いまだに思っているのだ。そのことは母も重々承知している。

だからこそ、瑠璃丸を呼んだときは高俊が来ないよう、配慮したに違いなかった。鉢合わせすれば、高俊が瑠璃丸に対してあからさまに嫌な顔をするのはわかりきっている。

「いや、別に私は唐物を独り占めしようなんて、思っていませんよ」

「ああ、ほら――きっとわからないと思ったから、呼ばなかったのよ」

琴宮がため息をつき、首を振る。

真珠は視界の隅で弟の様子をうかがいながら、母に言った。

「お母様、わたくしたち、やっぱり出直すわ。わたくしだって、あえて高俊と同席したいわけではないもの」

「――は？」

聞き捨てならない、という表情で、高俊が声を上げる。それで真珠は、はっきりと高俊を見た。

「小さいころは、ここに怪しの物が出るたびに、乳母にしがみついて泣いていたものねぇ。あなたがさんざん怖がっていた物を、みんな追い払ってくれていたのは、わたくしの夫よ？　それなのに、高俊、あなたは一度だって、礼のひとつも言ったことがないどころか——」

「……っ、あれは、姉上のせいで集まってきた物の怪でしょう！」

真珠の皮肉めいた口調に、ようやく真意を察したと思しき高俊は、しかし真っ赤な顔で目をつり上げ、姉の言葉をさえぎる。

「いいとばっちりでしたよ、私は！　おかげで心休まる日なんてなかった！」

「……あれが誰のせいというなら、殿のせいですよね」

女房の誰かが、ぽつりとつぶやいた。

「あの物の怪を連れてきたの、殿だったわよね」

「そもそもね。本当のとばっちりは、姫様のほう……」

「物の怪だって、姫様は狙っても、若君は素通りでしたよ」

ひそひそ話す女房たちを、高俊は大きく目を見開いてにらんでいる。そんな高俊を真珠と琴宮は呆れ顔で見ていたが、瑠璃丸は気まずげに目を逸らしていた。

「……高俊。あなた、唐物を何に使いたいの」

琴宮に静かな口調で問われ、高俊はひくりと喉を鳴らして、ようやく女房たちをにらむのをやめる。

「か……唐物は、それは、贈り物とか……」

「このあいだ三条の典侍に、青い瑠璃壺を送ったと聞いたけれど、また何か贈るつもりではないでしょうね?」

「……何でそれ、知っ……」

高俊の顔色が、途端に白くなった。

「知っていますよ。でも、殿と大殿から、いまは三条の典侍のことはあきらめるように言われているのではなかった?」

「えっ、そうなの?」

真珠が思わず、声を出す。琴宮はうなずき、真珠のほうへ身を傾けて言った。

「大殿と殿は、高俊に女一の宮の降嫁を願い出ているのよ」

「え、女一の宮って……」

現在の帝の妹宮だ。たしかまだ十二歳くらいだったはずだが。

「今年、裳着の予定なんですって。だから高俊が来年叙爵されたら、降嫁していただこうというつもりみたい。それなのに高俊が、いま美人の典侍を追いまわしているのは……」

「……あまりよくないわね」

その噂が女一の宮の耳に入ったら、当然いい気分ではないだろうし、場合によっては降嫁を断られる可能性もある。女一の宮と帝とは母親が異なるが、女一の宮の母方の家も、かつて大臣を出したことのある家柄だ。降嫁によってそちらの家とも良好な関係を築きたいという、祖父と父の魂胆が見える。

おそらく、他に恋人を作るなとは言わないが、せめて降嫁までは色恋沙汰は起こすなと、高俊に命じたのだろう。

「だっ……だから、もう宮中へは行っていませんよ！」

高俊が再び顔を赤くして、狩衣の袖をばたつかせる。

「そもそも、私は追いまわしてなんていません！　たしかに美人だと評判だったので、ちょっと見にいってみたことはありますけど――」

「でも、瑠璃壺は贈ったのね」

琴宮にすかさず言われ、高俊はとうとう踵（きびす）を返した。

「――唐物はいりません！　失礼しますっ」

ぴんと背筋を伸ばして胸を張り、床を踏み鳴らしながら、高俊は東の対へと戻っていく。真珠はその背を見送って、はーっと息を吐いた。

「あの子、唐物持っていかなかったけれど……」

「あとで適当に見繕って、殿からだと言って東の対の女房に渡しておくわよ」

琴宮はすまし顔で、扇を懐へしまう。

「……本当に、もう宮中へは行かないのかしら」

真珠がつぶやくと、琴宮は苦笑した。

「もう振られたのよ、あの子」

「えっ？」

「このあいだ、弘徽殿から文が届いたの。三条の典侍、いま五位の蔵人の一人と親しくしているそうよ。藤蔵人という殿上人ですって」

「あら……」

噂の美女は、とうとう恋人を作ったのか。

「大勢の公達が求婚していたというけれど、結局もう正式に結婚していたり、とても色好みで何人も恋人がいたり、そういう人ばかりだったようね。でも三条の典侍は、相手の身分がどれほど高くても、どれほど美男でも、二番手に甘んじたくはなかったのではないかしら。選んだのはまだ誰とも正式に結婚していない、それでいてちゃんと将来有望な蔵人だというのだから」

琴宮はそう話し、愉快そうに笑う。

「一応、高俊もまだ独り身だけれど……」

「女一の宮降嫁の話が、三条の典侍の耳に入ったのかもしれないわね。あるいは年下は眼中になかったのかも」

「年下って、たしかひとつしか違わなかったわ？」

「その蔵人は十歳近く上のようだから、高俊では頼りなく見えてしまうでしょうねぇ」

「ああ……」

典侍と蔵人は、たしか職務上の接点は多かったはずだ。だとしたら、まだ任官すらされていない高俊と、その仕事ぶりがよく見える蔵人とでは、子供と大人ほどに違って見えてもおかしくはない。

「それじゃ、仕方ないわね。高俊も降嫁が決まるまで、きっとおとなしくしていると思うわ」

「そうだといいわね。――あら、やっと来たわ。さぁ、真珠、瑠璃丸、あちらで食べましょうか……」

女房たちが奥から、様々な菓子を盛った皿を運んでくる。琴宮にうながされ、真珠と瑠璃丸は立ち上がった。

「……ごめんなさい。高俊が、失礼な態度を」

寝殿から西の対に戻って、真珠は真っ先に瑠璃丸にわびた。しかし瑠璃丸は、少しいぶかしげな顔をしただけだった。

「別に、あれぐらいどうってことはない。大納言に比べたら、おとなしいもんだ」

「……お父様は、本当にあけすけだから……」

真珠はため息をつき、もらってきた香木を箱に納める。

「そんなことより、よかったのか、これ。俺までいろいろもらって」

帰り際に琴宮から持たされた唐物の数々から、瑠璃丸は紺瑠璃の瓶子を慎重に手に取った。

「いいのよ。お母様がくれたのだから。それ、瑠璃丸の目の色に似ているわね」

真珠は身を傾け、瑠璃丸の顔を覗きこむ。

「そうか？　こっちの瓶子の色のがいいだろ。澄んでてきれいだぞ」

「どっちも澄んできれいよ。わたくしは瑠璃丸の目のほうが、ずっと好きだけれど」

瑠璃丸の顔を見つめたまま、真珠はそっと身を寄せた。瑠璃丸が慌てて瓶子を床に置き、少しぶっきらぼうに言う。

「危ない。……こういうものは、ちょっとの不注意ですぐ壊れるんだ」

「おじ様に渡すの、気をつけて持っていってね？」

「……運ぶのも怖いな」

瑠璃丸は仏頂面をしながらも、肩口に額を預けもたれかかっている真珠の頰に軽く口づけて、耳元でささやいた。

「いまからこれ置いてくる。明るいうちに運ばないと、どこかにつまずいて全部駄目にするかもしれない」

「……もう帰ってしまうの」

「置いてくるだけだ。置いたらすぐ戻る」

もう一度、真珠の耳の下に口づけると、瑠璃丸は紺瑠璃の瓶子を折敷に置き直して立ち上がる。

「――すぐ戻るからな」

念を押すように告げて、瑠璃丸は公貫に届ける唐物を載せた折敷と、自分がもらった唐物を載せた折敷、それぞれを両手にひとつずつ持って、西の対から足早に出ていった。

怖いだの駄目にするかもだのと言っていたわりに、大胆な運び方だ。どちらの折敷もかなり重いはずだが、片手で軽々と持ち上げてしまうあたり、やはり並の腕力ではないと、あらためて思う。

十年のあいだ人の世にいて、瑠璃丸の生活は、もうすっかり人と同様だ。しかし、こうしてふとしたときに、瑠璃丸は鬼だったのだと――いまさらのように意識したりする。

常の人と異なる髪と目の色は、もはや見慣れたものとなったが、見慣れるほど頻繁に顔を合わせていない父や弟は、その姿にいまだ違和感を持つのかもしれなかった。

真珠は手近にあった脇息を引き寄せ、肘をもたれさせる。

いずれ瑠璃丸が任官され、出仕するようになって、人と何ら変わらず働く姿を見れば、祖父や父、弟の認識も変わるのだろうか。それとも、そんなことを期待するだけ無駄なのか――

……何をしたって鬼は鬼って、お父様やおじい様が思っているとしたら、何も変わらないわね。

それなら、自分はどうしたらいいか。

「どうしたんですか姫様、ずいぶん難しい顔をして……」

通りかかった笹葉が、真珠を見て足を止める。

「ちょっと、考えごと。……お父様が、瑠璃丸のことを邪険に扱わないようにするには、どうしたらいいかと思って」

「えー、それは無理じゃないですかぁ？　殿に限りませんけど、人って気に入らないものは、どうやったって気に入らないじゃないですか」

「……それはそうだけれど」

笹葉が難しいと評した顔を、真珠は脇息にぺたりと伏せた。

「気に入らなくても、邪険に扱えないようにすればいいんじゃないですか？　ほら、琴宮様みたいに」

「……あ」

真珠は目だけを上げて、笹葉を見る。

「お母様って、どういうわけかお父様の弱みはしっかり握っているのよね。でも普段は何も言わないの。あれはすごいわ」

「いざというときのために、握った弱みはずーっと隠してるんですからね。すごいと思いますよ」

大きくうなずく笹葉に、真珠は脇息から身を起こして訊いた。

「お母様って、そもそもどうやって、お父様の弱みなんて知っているのかしら」

「それは、ほら、だいたいがうちの家人たちですよ。琴宮様は御自身の女房に、よく家人たちの話を聞いてくるようにって、お命じになってますから」

「……家人」

「常に主の供をしてる家人たちは、いろいろ知ってますからね。主が出かけた先とか人付き合いとか、都合の悪いことだって」

なるほど、そういうものか。真珠は笹葉の顔をじっと見る。

「……わたくしも、家人たちの話をよく聞いたほうがいいかしら？」

瑠璃丸には、ずっと怪しの物から守ってもらってきた。だがこの家の内では、自分が瑠璃丸の立場を守らなくてはならない。

「あたしたちも聞くようにしましょうか。寝殿の女房みたいに」

「頼める？」

「ええ、もちろんですよ。姫様はあたしたちの主なんですから、何なりとお命じを」

ちょっとおどけた仕種で、笹葉が一礼した。

「それじゃ、お願いするわ。とにかくいろいろ聞いてきて。日ごろから、いざというときのために備えておかなくちゃね。お母様のように」

「はーい、かしこまりました」

笹葉が元気に返事をしたところへ、瑠璃丸が御簾をくぐって母屋に入ってくる。

「まぁ、本当にすぐ戻ってくれたのね」

「置いてきただけだからな」

そう言った瑠璃丸は何故か眉根を寄せ、渋い表情をしていた。

「……どうかしたの？」

もしや唐物を落として壊しでもしたかと思ったが。

「いや、明日、検非違使庁に呼び出された」

「……例の看督長？」

盗賊の中に子供の鬼がいるという話に、何か動きがあったのだろうか。

「まぁ、俺を呼び出すのは、その看督長しかいないんだけどな。だから明日は朝から出かける」

「――あー、それじゃ、直衣(のうし)を用意しておきます？」

まだそこにいた笹葉が訊くと、瑠璃丸は首を横に振った。

「狩衣でいい。どうせ看督長の用事なら、堅苦しいもんじゃないだろうから」

「じゃ、いつもどおりにしておきますねー」

失礼しますと言って、笹葉が立ち去る。

瑠璃丸は真珠の横に腰を下ろし、低い声で告げた。

「……盗賊の中に鬼がいるのを見たって言ってるのが、もう一人いたらしい」

◆◆・・・・・◆◆・・・・・◆◆

瑠璃丸が検非違使庁へ出向くと、待っていた是道に、すぐに外へ連れ出された。

「――右衛門督の家に、深手を負って死にかけてる家人がいるって、話しただろう。盗賊に斬られた三人のうちの一人」

「ああ、そういえば……」

医師には助からないと言われながら、まだかろうじて生きているというようなことを、たしか是道から聞いた。

「そいつがな、少しずつだが回復してきてるんだ。たいしたもんだよ。昨日見舞ったら、もちろん無理はできんが、短い時間なら話せるまでになってた」

「へぇ、よかったな。……もしかして、盗賊の中に鬼を見たって言ってるのは……」

「そう。そいつだ。豊平(とよひら)って名前だ」

油小路を南へと足早に進みながら、是道はうなずく。

「念のため、これからもう一度話を聞きにいく。だからあんたを呼んだんだ」

「昨日の今日じゃ、たいして長くは話せないだろ。もうしばらくして訪ねたほうが、ちゃんと話が聞けるんじゃないか？」

「あいにく、こっちはそんな悠長にしてられん。一刻も早く盗賊をお縄にしなけりゃならないんだ」

「まぁ、そうなんだろうけど……」

盗賊の中に鬼がいたとして、それが一味を捕らえるきっかけになるだろうか。瑠璃丸はそう思ったが、口にはしなかった。おそらく是道とて、それが有力な手がかりになるという確信などないだろう。ただ、鬼の存在でも追うしかないほど、探索に行き詰まっているのだ。

是道について歩いていくと、油小路と四条大路が交わる辻に出た。盗賊被害に遭った右衛門督邸はすぐ目の前だが、是道は右衛門督邸の外の築地塀をぐるりとまわり、細い脇道へ入っていく。奥までいくと、小家が密集している場所があった。

「このあたりには、右衛門督に仕えてる家人たちが住んでるんだ。ここにそいつの家もある。えー……ああ、ここだ」

是道が檜垣の内に柏の木が一本生えている小家を指さし、中に入っていく。

「おぉい――豊平、具合はどうだ」

半分開いた戸口の前で是道が声をかけると、ほどなくおとなしげな若い女人が顔を出し、軽く頭を下げた。

「どうも、看督長……。いま起きてますから、どうぞ」

「邪魔するぞ。――ああ、これは見舞いだ」

是道は懐から小さな布袋を取り出し、女人に渡す。女人はまぁ、と声を上げた。

「昨日もいただいたのに、そんな、悪いですよ」

「ほんの少ししか入ってない。それより今日は、手伝いのやつがいる。一緒に豊平の話を聞かせてくれ」

「あ、はい、どうぞ……」

女人は是道の背後にいた瑠璃丸に気づくと、その上背か髪の色か、あるいは両方に驚いた様子で、目を見張る。しかし是道はそんな女人の反応はお構いなしに、瑠璃丸を伴って家の中に入った。

「豊平、どうだ。治ったか？」

「……な、無茶な……」

板の間に寝ていた若い男が、弱々しく苦笑する。豊平というのがこの男か。

「いま嫁さんに小豆を渡したから、飯の足しにでもしてくれ。——お、昨日より調子よさそうだな」

「一日……じゃ、そう、変わりませ……けど、声、出るように……なり、ました」

薄暗い室内でも、豊平の顔色がよくないことはわかったが、意外にも目には生気があった。

瑠璃丸は男の顔立ちを眺め、ひくりと鼻を動かし、微かに眉根を寄せる。

「そりゃよかった。なら、昨日の話をもう少し詳しく聞きたいんだが」

「……や、でも……あれ……きっと、見間違い……」

男は仰向けのまま、視線だけを是道に向け、かすれた声で言った。

「おまえはあの晩、この家には帰らず主の家の下屋に泊まった。それはよくあることなんだな？」

「皆、交代で、泊まること……なっ、てる。夜中、でも、文使いとか……急な、用事に、対応できる、よ……に、て」

「そうしたら、よりによっておまえが泊まってた日に、盗賊が押し入った。おまえを含め、異変に気づいた家人たちが盗賊を追いかけて、足の速いおまえは盗賊の一人に追いつき、そいつの腕と、頭に被ってた布を摑んだ。――だったな？」

「……はい」

「おまえが布を引っぱったから、そいつの頭が出てきて――角が見えた、と」

「角……の、ような、もの……です」

「はっきり角だとは言いきれないのか」

「暗かっ……たし、よく、見る、前に、別の、賊に……斬られ、て……」

「そこはよく憶えてなくても、背丈はどうだった？　何尺ぐらいあったかわかるか」

「……たぶん……五尺……ぐらい……」

それは、春宮亮邸の女房の証言と一致する。

「あと、腕が……」

「腕？」

「摑んだ、腕、が……細かっ……」

「……」

是道が険しい面持ちで瑠璃丸を振り向く。瑠璃丸も無言でうなずいた。

子供なら、まだ腕は細いだろう。

「おまえを斬ったやつは？　姿は見ただろう？」

「見た……けど、よく、わからな……」

豊平の喉が苦しげに、ひゅぅ、と鳴った。胸が大きく上下する。

「つらいか。いい、いい。もうしゃべるな。今日はこれで充分だ。よく話してくれた」

是道は豊平の肩をごく軽く叩いて、すぐに腰を上げた。

「よく休め。また来る。——嫁さん、邪魔したな」

先ほど応対に出た女人に声をかけて、是道は家の外に出る。瑠璃丸もそれに続いて戸口をくぐろうとし——足を止め、女人を振り返った。

「……時間はかかるが、必ず治りますよ」

「え……」

「酒があれば、まず少しだけ飲ませて……それから新しい布にも酒をしみこませて、それを傷口にしばらく当ててみてください」

「お、お酒ですか？」

「誰にでも効く方法じゃないんですが、まれにこれで傷の治りが早くなる者がいる。ためしてみてください」

「は……わ、わかりました……」

女人は明らかに途惑い、目を瞬かせていたが、それでも何度もうなずいた。

瑠璃丸が外に出ると、是道は檜垣のところで待っていて、早く来いと目でうながしてくる。

油小路まで戻ってから、是道はようやく口を開いた。

「少なくとも、身の丈五尺の細っちい子供の鬼がいたことは、間違いないな」

「……女房の話とも合うけど」

「問題は、子供の鬼がいたのはわかっても、肝心の盗賊一味の正体が摑めてないことなんだがな」

歩きながら腕を組み、是道は苦々しい顔で吐き捨てる。

「ところで、おい、直貫、さっきのありゃ、何だ」

「何が」

「少々持ち直してるとはいえ、豊平がまだ危ない状態だってことには変わりないぞ。必ず治るなんて、安請け合いはやめろ。医者じゃないだろ、おまえは」

「ああ、それは……」

「だいたい酒なんか飲ませたところで、どうにもならんだろ。それであの怪我が治ったら、世の中に怪我人なんざいなくなるぞ」

「たしかにただの人なら、酒飲んだって無駄だよ」

「あ？」

「あの人、鬼だ」

「――は？」

かなり早足で歩いていた是道が、ぴたりと立ち止まる。数歩追い越して、瑠璃丸も足を止め、振り向いた。

「正確には、あの人の何代か前の先祖に、鬼が一人いたと思う」

「……何でそんなことがわかる」

「顔つき。何となく、これは鬼の血が残ってるんじゃないかって思った。鬼って、鼻とか、こう、顎のあたりとかに、ちょっと特徴が出るんだよ。鬼っぽい顔っていう。

それから、においも少し。もしかしたらってぐらいに」

「……豊平が……」

「本人はたぶん知らないんじゃないかな。人か鬼かっていうなら、十のうち九が人、一が鬼って程度だし」

瑠璃丸の話を、是道はぽかんと口を開けて聞いている。

「だからほとんど人なんだけど——看督長、最初はあの人、助からないって言ってなかったか？」

「……医者にそう聞いた」

「それが少しずつでも持ち直してる。たとえ十のうち一でも鬼だから、そのぶん丈夫なんだ。あそこまで目に力があれば、きっと治る。十のうち九が鬼なら、あっというまに治っただろうけど」

「おい、じゃあ、酒ってのは……」

「鬼にとって、酒は薬にもなる。だから俺は、ああいう言い方したんだ」

誰にでも効くわけではないが、まれに治りの早まる者もいる。

ただの人なら、酒を飲んだところで刀傷に効きはしないが、鬼なら酒が薬となり、回復が早まるはずだ。

「……おれは小豆じゃなく、酒を持っていくべきだったのか」

首の後ろを掻きながら、是道がつぶやく。

「死にかけた怪我人の見舞いに酒を持っていく人はいないだろ」

「まぁ、そうだが。……これで嫁さんが豊平に酒を飲ませてみて回復が早まったら、豊平も鬼の仲間だと決まりか？」

「仲間ってほど鬼じゃない。むしろ人だよ。もしあの人が山へ行って生粋の鬼に出くわしたら、あっというまに食われるだけだ」

「そんな程度でも酒が効くのか」

「効くといいけどな」

「……近いうちに、また見舞ってみないといかんな」

是道が再び歩き出し、瑠璃丸もついていった。

歩きながら、是道が腕を組む。

「……直貫、さっきにおいがどうとか言ってたな？」

「ああ、鬼のにおいのこと」

「どんなにおいなんだ、鬼ってのは」

「人の鼻じゃわからないよ。鬼のにおいは鬼じゃないと――それも、鼻が利く鬼じゃないとわからない」

「直貫は鼻が利くのか」

「わりと。目や耳よりは」

「いまから右衛門督か春宮亮の家に行って、においが残ってるか？」

「それは無理だ。もう何日も経ってるんだし、ちょっといただけの場所に、そんなに強いにおいは残らない」

「何だ……残り香を追っかけりゃ、盗賊のねぐらにたどり着くかと思ったのに」

「……犬じゃないぞ、俺は」

いったい何をさせようというのか。瑠璃丸がにらむと、是道は首をすくめた。

「そんなことより、他の方法で盗賊を追ったほうがいいだろ。……あれから手がかりは摑めたのか？」

「それを言われると痛いな。盗賊の行方は知れないし、内通者みたいなやつも見つからん。仕方ないから、放免どもに片っ端から空き家を調べさせてる。それでねぐらが見つかりゃ、めっけもんだ」

「……八方ふさがりだってことは、よくわかった」

たしかに盗賊が空き家にひそんでいることは多いらしいが、そもそもそこが盗賊のねぐらかどうか、どうやって判断するというのか。

一見空き家のような荒屋（あばらや）だが、ただたんに金がなくて塀や庭、建物を修繕できずにいるだけの善良な住人の家があれば、それなりに体裁の整った、不審な点などない、しかし実は盗みを働いて貯（たくわ）えた財によって、その体裁が維持された悪人の家もある。しらみつぶしに探したところで、たとえば庭に盗品が並べてあったとか、そんな都合のいいことでもない限り、盗賊のねぐらだとは特定できないだろう。

「さっきの人が、角じゃなくて顔を見ててくれればよかったな」

「顔……顔な。豊平も春宮亮んとこの女房も、角に目がいっちまって、顔はよく憶えてないってのがなぁ……」

是道は嘆息し、道端の小石を蹴った。

「そろそろ次の被害が出てもおかしくない。今度こそ捕まえてやるんだが」

「……もし、今回の盗賊が、もう二度と現れなかったら？」

「これで打ち止めなら、どうにもできん。まんまと逃げられた、ってことになる」

いかにも忌々しげな是道を横目に、瑠璃丸は内心、打ち止めになってくれれば――と思っていた。

豊平の証言で、今回の盗賊一味に子供の鬼が加わっている可能性が、ますます高まった。何故、鬼が盗賊になったのか、知りたい気持ちはある。だが知ったところで、本当に悪事に加担していたなら、結局は罪人なのだ。真実と引き換えに、子供の鬼が罰せられる姿を見ることになる。それはやはり、気分のいいものではない。

そして何より——盗賊一味が捕まれば、その中に鬼がいた、という事実が、世間に知れ渡ることになる。

どうせ鬼など、そもそもが評判のいい存在ではない。鬼ならば悪事を働いても何ら不思議はないと思われるだろう。とはいえ、山中で人を食らうのと、盗賊と結託して火つけや人斬りまでするのとでは、都の人々にとっては身に感じる恐怖の近さが違うはずだ。

都にいる鬼は恐ろしい。悪党と組んで何をするかわからない——人々にそう思われたら、今後、自分が人の世で暮らす中で、どれほど身を律して生きても、この白髪に青い目の男は実は鬼だったのだと知れるなり、不信と不安の視線しか向けられなくなるだろう。それは真珠にとっても不利益でしかない。

結婚してはいけなかったのかもしれない。真珠の幸せのためには。

……いまさらこんなこと考えることになるなんてな。

桃殿大納言や左大臣のほうが、はるかに世間を知っている。結局、あちらが正しかったのかもしれない。
それでも――
真珠を手放してしまったら、きっと自分は、ただの化け物になる。
もとより鬼だとか、そういう話ではなく。
物の怪としての鬼。
人に恐れられるだけの存在に。
そうして真珠を食らい、己が血肉とし、山の奥深くで朽ち果てるのだ。
それだけは、はっきりとわかっていた。
「……せめて盗まれたものが見つかるといいな」
当たり障りのない言葉を是道に返し、瑠璃丸は暗い表情で少し足を速めた。

だが、瑠璃丸の本音とは裏腹に、問題の盗賊と思われる一味が現れ、盗みと火つけをした挙句、また人を斬って逃げたと知らせがあったのは、その翌朝のことだった。

桃殿西の対で真珠とともにとった朝餉の直後、駆けこんできた公貫邸の家人によって、新たな盗賊被害を知った瑠璃丸は、すぐに公貫邸へ戻り、待っていた検非違使庁の者の案内で、その家へと向かった。

勘解由（かげゆ）小路と富小路の辻近くにあるその家は、またも五位の官人の住まいで、瑠璃丸が駆けつけると、すでに是道が現場を調べており、庭先で瑠璃丸の姿を見るなり、挨拶もせずいきなり訊いてきた。

「――におい、たどれるか？」

子供の鬼の残り香があるのか、ということだろうが。

「いまは……ここでは何のにおいもしないな」

「中はどうだ。被害に遭ったのはこっちだ」

是道に連れられ、瑠璃丸は寝殿の簀子に上がり、建物を一周する。

もとの南側まで戻ったところで、瑠璃丸は首を振った。

「なかった。もう消えてるのか、今回はいなかったかだと思うけど」

「そうか……」

是道は肩を落として階を下りたが、瑠璃丸は簀子と屋内を隔てる御簾を振り返る。

御簾の内はうかがえないが、人の忙（せわ）しなく行き交う気配や女房たちが何か話し合っているような声がして、落ち着かない様子だ。無理もないことだが。

「それより、血のにおいが強いな。誰が斬られたんだ？」

「……っ、おい！」

是道が慌てて階を駆け上ってきて、瑠璃丸の腕を摑んで引きずるように庭に下りると、せいいっぱいの爪先立ちで伸び上がり、小声で告げる。

「声が大きい。……まだ中じゃ、医者の手当てが続いてんだ」

「え。……あ」

瑠璃丸は沓を履き直すと急いで建物から離れ、是道とともに中門へと引きあげた。

「……中で斬られたのか？　まさか女房が？」

あらためて尋ねると、是道は中門の柱にもたれ、息をつく。

「よりによって、この家の主が斬られた」

「は？」

立ちつくす瑠璃丸の横を、派手な色の水干を着た検非違使庁の下部たちが、忙しなく通りすぎていった。

「主って、えーと……五位の……」

「五位蔵人、藤原頼広。二十六歳。今年の除目で蔵人に任じられたばかりで、藤蔵人と呼ばれてる」

「藤蔵人……」

瑠璃丸はふと顔を上げる。最近、どこかで藤蔵人と聞いたような。

「看督長——看督長！」

寝殿のほうから下部が一人、転がるように駆けてきた。

「何だ。どうした」

「いま母屋が騒がしくなって……どうも、藤蔵人の様子が」

「……」

是道の顔つきが険しさを増し、砂を蹴って寝殿へと走り出す。瑠璃丸もすぐにあとを追った。

やけに生ぬるい、湿った風が吹き抜ける。

閉じた御簾の内から、女房のものと思われる絶叫が聞こえていた。

「……亡くなられた？　藤蔵人が？」

真珠の手から、鞠が落ちた。床で弾むそれを、猫が飛びついて転がしていく。

「その藤蔵人って、あの、三条の典侍の……」

「……たぶん、それ」

瑠璃丸が低い声で返事をし、うなずいた。

「一応、それとなくそこの女房に訊いてみたら、たしかに最近、主が典侍の恋人がいる、いずれ結婚するって話してたって……」

「何てこと……」

真珠は思わず口を押さえる。

数多(あまた)の求婚者からようやく選んだ一人が、盗賊に殺されてしまうとは。

「三条の典侍は、このこと……」

「家人が蔵人所に知らせたって言ってたから、たぶん、もう耳に入ってると思う」

「……お気の毒に……」

力なくうなだれた真珠に、瑠璃丸はすぐ側に座り直すと、黙って肩を抱き寄せた。

真珠は瑠璃丸の胸にもたれ、目を閉じる。

「それで……今度もまた、鬼の子が……？」

「それはわからない。いまのところ、見たっていう者はいないから。……ただ、被害はたぶん、今回が一番ひどかった。盗まれたものはこれまでで一番少ないのに、火は寝殿の三か所につけられたし、家人も五人斬られたし、何しろ……」

家の主が絶命した。

「それでもまだ捕まらないなんて……」

「検非違使、これまでになく慌ててるよ。父上もまた駆り出されてる」

ため息まじりに言って、瑠璃丸がゆっくりと真珠の肩をさする。

「瑠璃丸は……？」

「ん？」

「瑠璃丸も、また手伝うの？」

「……藤蔵人の家でも鬼を見たって話が出てくれれば、俺も呼ばれるだろうな」

誰も鬼など見ていなければ、もう呼ばれることはない、と考えていいのだろうか。

「大丈夫だ。夜はこっちに泊まるから、もしここに盗賊が入ってきても、狼藉（ろうぜき）はさせない」

「前にも言ったけれど……あなたが盗賊と戦うことはないのよ？」

「怪しは追い払えても盗賊は追い払えなかった、っていうんじゃ、格好がつかない」

「もう……」

真珠は額で瑠璃丸の胸を小突く。

瑠璃丸は真珠の肩を、なだめるように叩いた。

弘徽殿の妹から文が届いたのは、それから三日後、雨上がりの朝のことだった。

真珠が先だって、唐渡りの香木も使って合わせた幾つかの薫物を、妹に送ったのだが、昨日、弘徽殿の皆で薫物合わせをしたこと、そこを訪れた帝が、そのうちのひとつをとても褒めていたことなどが記されていたのに加え、宮中でのちょっとした事件についても書き添えられていた。

三条の典侍が、梅壺（うめつぼ）の女御――これは右大臣の娘だが、そちらに仕える女房の一人から、藤蔵人が盗賊に殺（あや）められたのはおまえのせいだとなじられ、つかみ合いの喧嘩（けんか）になりかけたのだという。

その女房は、以前、蔵人に任じられるより前の藤原頼広と恋仲にあったが、頼広が三条の典侍に心を移し、それで仲がこじれて別れていた。だが女房のほうはいささか未練を持っていたようで、梅壺でたびたび三条の典侍への恨み言を口にしていたらしかった。

そんなとき藤蔵人邸の盗賊被害とかつての恋人の死を知った女房は、これは三条の典侍などと関わったせいだと逆上し、すぐに本人のもとへ走った、ということのようだが——この女房の怒りには、実はただの恋敵への恨み以外まるで根拠がない、というわけでもなかった。というのも、三条の典侍には、藤蔵人のほかにも多くの求婚者がいたが、そのうちの何人かも、盗賊の被害を受けていたのだ。

とはいえ、これまでそんなことが話題になったことはなかった。何しろ三条の典侍を一、二度口説いただけの者から、毎日恋文を送った者まで、合わせれば二、三十人となるが、盗賊被害に遭ったのは四、五人である。関連づけて考える者などいなかった。しかし三条の典侍が忌むべき存在に思われていた梅壺のその女房は、家が盗賊に入られたことさえ、三条の典侍のせいだと考えてしまったのだろう。

恋人を突然失った三条の典侍の嘆きはもちろん深いものだったが、梅壺のその女房も、恋しい人を二度奪われたようなもので、あわれに思う——妹の文は、梅壺の女房への同情の言葉と、桃殿も盗賊には用心してほしい旨とで締められていた。

そう、たしかにこの女房も、とても気の毒だ。

だが瑠璃丸から盗賊を捕まえられない検非違使の苦労を聞いている真珠には、同情している間もない、読み流せない重要な文言があった。

盗賊の被害に遭ったのは、すべて——


「……いや、これ……さすがに偶然だと思うけど……」

弘徽殿からの文を読み終えた瑠璃丸が、困惑の表情で真珠を見た。

「三条の典侍って、大納言の娘だろ？　さすがに盗賊と関わりがあるとは……」

「それは……そう……よね……」

たしかに、落ち着いて考えてみれば、三条の典侍に求婚したことと盗賊被害に遭ったことに、関連があるはずがないのだ。もし関連があったなら、それは盗賊が「誰が三条の典侍に求婚したのか」を知っている、ということになってしまう。

三条の典侍は間違いなく大納言藤原清貞の娘で、盗賊とつながりがあるとは思えない。万が一何かつながりがあったとしても、盗賊に自分への求婚者を教える意味などあるだろうか。しかもその盗賊は、自分の恋人を殺めているのだ。

相手が大納言の姫君ともなれば、求婚者もそれなりの身分の公達ばかりのはずだ。

今回の盗賊が狙ったのも、それなりの家格の家々である。三条の典侍の求婚者たちと盗賊が標的にした家々がたまたま一致しただけ、と見なすほうが、自然なのではないか。

「……けど、子供の鬼を探すより、こっちのほうが手がかりになるかもしれない」

「え？」

瑠璃丸はたたみかけていた弘徽殿からの文を、再び広げる。

「三条の典侍には盗賊との関わりがなくても、その周りにはあるかもしれない。三条大納言家の家人とか、宮中にいる女房とか……」

「あ。……そうよ。そうよね」

真珠は身を乗り出して、大きくうなずいた。

三条の典侍のことは、宮中で何かと噂になっているはずだ。いつ、誰が求婚していたのか、知る者は少なくないだろう。

「わたくし、弘徽殿にもっと詳しいことを訊いてみるわ。三条の典侍と、求婚した人たちについて……」

「そうだな。俺も看督長に知らせておく。どうせ八方ふさがりなんだから、偶然でも何でも、調べてみたら先へ進めるかもしれない」

少し眉間を皺めつつ、瑠璃丸は文机の前に座った。真珠も自分の硯箱を開ける。

「真珠、町口の少将とか春宮亮とかが、いつごろから三条の典侍に求婚してたのか、わかる範囲でできるだけ細かく教えてくれるように頼んでみてくれるか」

「わかったわ」

紙を選びながら、真珠はふと瑠璃丸を見た。

「ん？　……何だ？」

「ねぇ、瑠璃丸。あなた出仕したら、きっと仕事のできる官人になるわよ」

「……」

瑠璃丸はそれには答えず、ただ微かに苦笑を浮かべただけだった。


弘徽殿からの返事は思いのほか早く、半日と経たないうちに届けられた。

それによると、三条の典侍が宮中へ上がったのは、今年の二月。そしてその美貌が評判になるまでには半月とかからず、まず熱心に口説き始めたのが、色好みで名高い左兵衛佐の平文輔。しかしそこへ町口の少将が割って入り、色好みの美男と右大臣の息子との争いはしばらく続いたが、三月になって、どうやら二人とも苦戦しているらしいと噂が流れるや、様子見をしていた他の公達も次々と参戦したのだという。

左兵衛佐と町口の少将は、どうやら完全に振られたのではないかと思われたころ、次に右衛門督藤原正望の息子で侍従の藤原正篤(まさあつ)が、他の公達を押しのける勢いで恋文を送り始め、一時は三条の典侍もなびきかけたというものの、四月に入ってしばらくすると、正篤には実は結婚したばかりの、親の決めた正式な妻がいることが、三条の典侍の耳に入った。正篤はこれですぐに振られたのだそうだ。

さらに今度はこれまた美男と言われる春宮亮、紀教経が急接近していった。春宮亮は表向き、正式な結婚はしていないということになっていたが、あちこちの恋人に子を生ませていたため、これも結局は振られることになった。

そして五月になって、これまで仕事上の関わりしかなかった藤蔵人が、日に何度も恋歌を届けるようになり、とうとう三条の典侍の心を射止めたのだった。

これらの五人は特に根気よく求婚し続けた者たちだが、他にも数日から十日ほどは口説いたが、まるで手ごたえがないと見てあきらめた者、高俊のように高価な贈り物で気を引こうとしたものの素っ気なくあしらわれた者、恋文の返事が一度もなかったため早々に引き下がった者など、噂になりかけては消えていった公達も多かったという。

三条の典侍が一度は恋人を選び定めたため、最近は静かになっていたが、藤蔵人が亡くなってしまったことで、きっとまた三条の典侍の周囲は騒がしくなるだろうと、弘徽殿では予想していた。

「……見事に一致してるな、盗賊の被害と……」

弘徽殿からの文に、瑠璃丸が苦い顔でつぶやいた。

「しかも一番深い仲になった藤蔵人は、本人が殺されてる。典侍に振られた他の四人の家じゃ、家人は斬られても本人は無事だったのに……」

「弘徽殿はこう書いているけれど、もし三条の典侍に熱心に求婚すると盗賊に入られる、なんていう噂が流れたら、求婚をためらう人も出てくるのではないかしら」

こんなかたちで恋人を失った三条の典侍が、すぐに新しい恋人を作る気になるかどうかはわからないし、藤蔵人がいなくなったなら自分にももう一度、求婚に挑戦する機会がめぐってきたと考える者も、もちろんいるかもしれない。

だが、宮中でささやかれている噂が、いずれ外にも広まったら、三条の典侍に不審の目が向けられる可能性もあるだろう。

「たしかに、ここまで一致したら、あやしく思えてくるもんな……。口説いた順番と被害の順番も、そんなに違わないし」

腕を組み、瑠璃丸は文机に広げた文を覗きこむ。

「看督長からは、何か知らせはあったの？」

「いや、まだ何も。文は届いてるはずなんだけどな」

検非違使庁には昼前に瑠璃丸の文を届けさせたが、すでに日が暮れるころだ。ここでも女房たちが、灯りを点け始めている。

「看督長も、いきなり典侍だの求婚だのが手がかりって言われて、困ってるかもな」

「しかも大納言家の姫君ですものね……」

あやしいと思っても、簡単に取り調べるようなことはできない相手だ。

「……それにしても、ここまで合ってたんじゃ、真珠の弟は早めに振られてよかったんじゃないのか」

「高俊？」

「まだ求婚を続けてたら、本当にここへ盗賊が押し入ってたかもしれない」

「……そうね。そうかもしれないわ……」

ものを盗まれるだけならまだしも、誰かが傷つけられるおそれがある。ここの家人は皆、古くから仕えてくれている者ばかりだ。危険な目に遭わせたくはなかった。

「このことも、一応看督長に伝えておかないとな。……明日、検非違使庁に行ってくるか」

「わたくし、三条の典侍の様子をまた知らせてもらえるように、弘徽殿に返事を出すわ。やっぱり早く捕まってほしいもの。協力できることはしないと……」

高俊が三条の典侍に熱を上げていたことで、荒っぽい盗賊の脅威が、より身近になってしまったように思えていた。

……怪しの物には、ずいぶん慣れたつもりでいたけれど。

盗賊は、弦打(つるうち)や打撒(うちまき)では追い払えない。生身の悪人と怪しの物とでは、恐ろしさの種類がまるで違っていた。

◆◆・・・・◆◆・・・・◆◆

瑠璃丸が検非違使庁へ行こうと、朝、桃殿から公貫邸へ戻ると、すでに是道が来ていて、南廂の柱にもたれて座ったまま、口をぽっかり開けて居眠りをしていた。

「さっきおまえを訪ねてきたんだが、夜通しあちこち駆けまわっていたらしくてね。

おまえを待つあいだに朝餉を出してやったら、あっというまにたいらげて、それからあの調子だ」

公貫は少し離れたところに座り、笑いをこらえつつ、瑠璃丸に小声で伝える。

「昨日、弘徽殿からの文で手がかりになりそうな情報が得られたんで、看督長に知らせたんですよ。もしかして、その調べで……」

「そのようだよ。三条の典侍について、いろいろなところをあたってきたらしい」

「まさか、ひと晩中？」

「そのまさかだろうね。これがあるから笠是道は評価が高い。あんな態度でも許されているのは、他と比べて結果を出しているからだ」

公貫の言葉どおりなら、是道は三条の典侍と盗賊につながる何かを、つかんできたのかもしれない。

そのとき是道が、ぅぅ、とうめいて首を揺らし、目を開けた。

「……ああ、いかん、寝ちまってたか……」

ひとつ大きなあくびをし、あたりを見まわすと、是道は瑠璃丸の姿を見つけて、床を平手で叩く。

「お。――直貫、おい、ようやく見えてきたぞ」

「昨日のあれ、手がかりになったのか？」

　瑠璃丸が廂に出て腰を下ろすと、是道も身を乗り出した。

「正確には、その前の情報から手がかりになった」

「その前？」

「藤蔵人の家で、あんた、女のことを訊いてまわってただろう。藤蔵人の恋人だとかいう典侍。それで思い出した。前に町口の少将んとこの家人が、夜となく昼となく、日に何度も宮中に典侍を口説く文を届けさせられて大変だって、ぼやいてたんだよ。さすがに盗賊になんか入られたら、しばらくはそれどころじゃなくなるだろうって言っててな」

「……じゃあ、俺が昨日知らせる前に、もう三条の典侍を調べてたのか？」

「念のために他の家もあたったら、たしかに皆、その典侍を口説いてるってわかったんだが、ただ、左兵衛佐と春宮亮は、もともと色好みだからな。典侍以外にも直近で口説いてる女がいたもんだから、その典侍がらみかどうかってのが、確信が持てなかった」

　また小さくあくびをして、是道は目をこする。

「……そこへあんたの文が届いた。こりゃ間違いない、この典侍が噛んでると思ってな。だから役には立ったぞ」

　話の途中、古参の女房が白湯の椀を持ってきて、公貫、瑠璃丸、是道の前にそれぞれ置いて、下がっていった。瑠璃丸は白湯をひと口飲んで、懐からたたんだ紙を一枚取り出す。

「弘徽殿に訊いて、三条の典侍に特に熱心に求婚してた公達と求婚してた時期、順番がわかった。ここに書き出してある。今回の盗賊被害と、ほぼ一致した」

「へぇ、こりゃ助かる。……そうか、あんた弘徽殿の女御の姉婿だったな」

　瑠璃丸の書き付けを手に取り、是道はうなずきながら目を通していた。公貫が脇息にもたれ、少し声を落として尋ねる。

「……その典侍は、三条大納言のれっきとした娘だ。盗賊と関わりがあるとなれば、大問題だが……」

「どっちかっていうと、典侍も盗賊の被害に遭ってるようなもんだと思いますがね」

「ん？」

「だって、そうでしょう。自分を口説いた男どもの家がことごとく盗賊に入られて、挙句に殺される者まで出てきたって、それじゃあどんな美人だろうと、今後口説きにくる男は現れなくなるでしょうよ」

「……そうか、関わってはいけない女人だと思われたら、損だな」

「それなら看督長は、いったい三条の典侍と盗賊に、どんな関わりがあると見てるんだ？」

瑠璃丸の問いに、是道は書き付けから顔を上げる。その目は注意深く獲物の動きを探る、野犬のようだった。

「——恨み」

「恨み？」

「盗賊全員か、あるいは賊の中の誰かが、その典侍に恨みを持ってる」

「……ずいぶんと恐ろしげな話になってきたね」

つぶやいた公貫に、是道は不気味なままの目を向ける。

「簡単に言うと、やってることは嫌がらせでしょう。ある女を口説いた男が、さんざんな目に遭う。それが続けば、男どもは女を恐れ、女の評判は落ちる」

「盗み、人斬り、火つけは、女の評判を落とすための嫌がらせか」

「そう解釈するのが、一番腑に落ちるんですよ。そうは思いませんかね」

是道が椀を手に取り、白湯をぐっと飲み干す。

「とはいえ、いまは典侍をやっちゃいるが、もとは家の中でおとなしく育った姫君のはずだ。盗賊をやるような連中の恨みを買うような機会が、あったのかどうか」

「……父親の、三条大納言は？」

瑠璃丸は、少し考えてから言ってみた。

「三条大納言に恨みを持ってるから、娘に嫌がらせしてるとか……」

「その可能性もなくはないが、ちと苦しいな。三条大納言には息子もいるし、典侍とは母親の違う娘も何人かいる。典侍の母親より、もっと身分の高い母親から生まれた娘たちだ。そっちには何もない」

三条大納言への嫌がらせであれば、直接本人にするか、息子や娘たち、皆に被害が及ぶような何かがあってもいいはず――ということか。

それなら、恨みの相手は三条の典侍本人だ。

「三条の典侍自身は、承知しているんだろうか。自分が盗賊の恨みを買うような、心当たり……」

眉根を寄せ、公貫が考えこむ仕種をする。瑠璃丸は是道に視線を向けた。

「検非違使が、三条の典侍を取り調べることは？」

「そりゃ無理だ」

即答である。

是道は鼻の頭を掻いた。

「何たって、宮中の女官だからなぁ。話を聞けたとして、検非違使別当ぐらいの立場でもなけりゃ」

「じゃあ、別当から三条の典侍に、心当たりがないか尋ねてもらうとか」

「……それは、実際に心当たりがあったとしても、あるとは言わないだろう。たとえ誰が尋ねても……」

公貫が苦笑して首を横に振る。

「まぁ、もしも盗賊に恨まれる心当たりがあったとしても、いや、あるなら余計に、そんなこと素直に話しはしないだろうな。そんな心当たりがあること自体、恥だろうよ。典侍本人から何か聞き出せるとは、思わないほうがいい」

「なら、どうすれば……」

手がかりを持っているのは、唯一、三条の典侍ではないのか。

すると是道が瑠璃丸の書き付けを床に置き、今度は自分も懐から、皺くちゃの紙を無造作に引っぱりだした。

「本人が言わなくても、周りの話をつなぎ合わせていけば、見えてくるものはある。――三条の典侍について、ひとまず一日でわかったことが、これだ」

以前にも見たことがある、あまり上手くはない是道の細かい字が、びっしりと紙に記されていた。

「まず出自だが、父親は言わずと知れた三条大納言藤原清貞。母親は三条大納言の、四人目の妻。この母親も、かなりの美人だって話だ」

説明しながら、是道は書き付けの小さな文字を指でなぞる。

「美人だとしても、身分はそう高くない。しかも四人目だから、三条大納言の妻たちの中じゃあ、格下の扱いだったらしい。そんな格下の女が生んだ娘だが、えらい美人だっていうんで、父親としちゃあ帝の寵愛を期待して、典侍にしたっていうんだが」

「……肝心の帝から思うような寵愛が得られなかったのは、三条大納言には誤算だったろうな」

苦笑して、公貫も白湯に口をつけた。

「しかしそれなら、典侍も公達の中から恋人を選んだりしてはいけないだろうに」

「いやぁ、それが娘は、どうやらはなっから、あんまり父親の言いなりになる気はなかったようですよ。典侍仲間なんかに、自分は大勢の妻の中の一人になるのは嫌だ、誰と結婚するにせよ、第一の妻になりたいと話してたっていうんで」

「……そんな話、いったいどこから聞いてくるんだよ……」

宮中での女官の雑談など、どうすれば検非違使の耳に入るものなのか。瑠璃丸が感心半分、呆れ半分の表情でつぶやくと、是道は片方の眉をちょっと上げた。

「おれの妻がな、昔、宮中で樋洗(ひすまし)やってた。そのときの伝手(つて)だ。女官も女房も気にしちゃいないだろうが、黙々と働いてる下っ端仕事の連中の耳にだって、話は聞こえてるもんだからな」

「……ああ、なるほど」

噂をするのは、何も女房たちだけではないということだ。

「そういうわけだから、父親と娘の仲が特段いいってわけでもないんだろう。となると、娘を口説いた公達が盗賊の被害に遭っても、三条大納言は別に何も困らないだろうな。むしろ求婚する男どもが減れば、当初の目論見(もくろみ)どおり、帝の寵愛を受けられるぐらいのことを考えてるかもしれん」

「それじゃ、まさか三条大納言が盗賊をけしかけて……」

娘に言い寄る公達を、一掃しようとしているのではないか。そう思ったが、是道は腕を組んで首をひねった。

「その可能性はなくもないが、大納言ほどの立場のやつがやるには、ちと危なっかしすぎやしないか。被害に遭った中には、右大臣の息子だっているんだ。右大臣に疑われたら、失脚しかねないだろ」

「……それに、仮に帝の寵愛が期待できなければ、右大臣の息子と結婚させるのは、悪くない選択だよ。ましてや町口の少将は嫡男だ。三条大納言なら、そこも考えるのではないかな。何番目の妻でもいいから、娘を町口の少将と結婚させられれば、先は明るいと。真っ先に盗賊をけしかけるなんてことは、しないはずだ」

公貫が静かに言い添えて、白湯の椀を置く。

「けど……そうなると、それじゃ、盗賊はいったい誰とつながってるんだ？」

盗賊の恨みと大納言の姫君は、やはり直接は結びつかないのではないか。

すると是道が、また書き付けを覗きこみ、細かい文字を指でなぞりだした。

「この典侍が育った母親の家のほうを、いま探ってるんだが――ひとつ気になる話があってな」

「どんな？」

「典侍には、弟か妹がいたらしい」

「……いた？」

弟か妹がいる、ではなく。

「いたらしいんだが、いまは家にいない」

「家を出たのかな」

「わからん。おれにその話を聞かせたやつも、生きてはいないかもしれんと言ってたから、まずそこから確認しなくちゃならない」

是道も書き付けから指を離し、ため息をついた。

「とにかく、まだ調べてる最中なんだよ。今日もこれから、典侍の実家あたりを探るつもりだ」

「これから？　看督長が自分で？」

「放免どもに、こういう細かい仕事は無理だ。それに典侍が関わってるかもしれんってことは、まだ上に報告してないからな」

どうして、と訊こうとして、瑠璃丸は開きかけた口を閉じる。

帝の側近くに仕える女官と残忍な盗賊に関連がありそうだ――などと、軽々に言える話ではない。ましてや、まだ疑いの段階だ。

検非違使が疑っているという話が、当の三条の典侍や三条大納言の耳に入ったら、厄介なことになる。本当に関わりがあれば盗賊に逃げられてしまうかもしれないし、まったく関わりがなかったとしたら、疑ったこと自体をとがめられて、誰かが責任をとらされる事態になりかねない。

「……俺も一緒に行こうか」

「あ？」

「まぁ、俺が行っても、役には立たないかもしれないけどさ」

「いや──人手があると助かる。それに、同じものでも別々の目で見れば、違うことがわかったりするもんだ」

是道はうなずいて、自分の書き付けと瑠璃丸の書き付けの両方を懐に押しこむ。

「じゃあ、刑部卿。御子息お借りしますよ」

「ああ。ところで三条の典侍の実家というのは、どこにあるのかな」

「これが三条大納言の家と、案外近いんですよ」

公貫の問いに返事をしながら、是道は腰を上げた。

「三条大納言邸のある姉小路をずーっと行って、東京極大路の角のとこでして」

「……小路二本挟んだだけの、道沿いじゃないか。三条大納言も、よくそんな近くに住む女人のもとへ通ったものだね。一人で歩いてだって行けるよ」

「まったくですよ。まぁ、近いから美人の噂も耳に入ったのかもしれませんがね」

御馳走様でしたと公貫に頭を下げ、是道が階を下りていく。瑠璃丸も公貫にうなずいて、すぐにそのあとを追った。

「――ああ、あそこな。信濃守の家だな」

「信濃守？　兵部大輔の家じゃないのか？」

三条大路のひとつ北を通る姉小路をまっすぐ東へと進み、鴨川沿いの東京極大路へ突き当たったところに、板垣に囲まれたその家はあった。

三条の典侍が育った家――三条大納言の四人目の妻の住まいであるその家の主は、四人目の妻の父親、三条の典侍にとっては祖父にあたる、現在兵部大輔を務めている男のはずなのだが。

「ここはもともと、三十年ほど前、信濃の国守を務めてから都に戻ったお人が建てた家だよ」

近くで畑仕事をしていた腰の曲がった老爺は、是道の質問にそう答えた。

見える範囲には三条の典侍の実家のほか、それなりの身分の人物の家と思しき築地塀に囲まれた邸宅、庶民の暮らす小家、かつて誰かが住んでいたのだろうが、すっかり朽ちて屋根もない荒屋などがあり、老爺はその朽ちた荒屋の庭だった場所を耕し、作物を育てているらしかった。

「あー……でも、このへんの者たちは、兵部大輔の家って呼んでたが」

「いまはそうなのかもしれんが、もとは違う」

老爺は日に焼けた皺だらけの顔に、ゆっくりと苦笑を浮かべる。

「信濃守は、もう何年も前に亡くなった。たしか、おれより十ほど年が上だったはずだ。その信濃守には娘がいて、その娘の婿が、兵部大輔だ」

「ああ、そういうことか……」

是道が首の後ろを掻きつつ、背後にいた瑠璃丸を振り返り、小声で言った。

「……ってことは、例の典侍のひいじいさんが、信濃守なんだな？」

「兵部大輔の娘が三条の典侍の母親だから、そうだよな」

「よし。――じいさんは、ずっとこのへんに住んでるのか」

「親の代からこのへんだから、おれはかれこれ、七十年だな」

「へぇ、じゃあ、生まれたときからってことか」

是道は老爺の話に言葉を返しながら、すぐ側の、すっかり崩れて高さが半分も残っていない築地塀に腰掛けた。

「なら、その信濃守の家とも親しいのか？」

「いやいや、信濃守のころには、まぁ、ちっと付き合いもあったが、娘婿の代になってからは、別にな。ほれ、えらい公達と結婚したんだよ、信濃守の孫娘が」

「ああ、三条大納言だろう」

「そうそう。それでずいぶんお高くなっちまってよ。信濃守の孫娘なんか、いまじゃ三条の御方様、なんて呼ばれてやがる」

「その御方様と三条大納言のあいだに生まれた子が、いま宮中で女官をやってるってのは、じいさん知ってるか？」

「聞いたよ。あの家のもんが、ずいぶんと自慢してた。まぁ、兵部大輔がうまいことやったんだな。自分の娘でもねぇってのに」

「……ん？」

是道は聞き返したが、老爺は腰を屈め、湿った土に手をついて草を引き始める。

「じいさん、いま何て言った？」

「あ？　何が」

「いや、自分の娘じゃないとか……誰が誰の娘じゃないって？」

「ああ、そりゃ――」

引いた草を畑の外に放り投げ、老爺は曲がった腰を叩いた。

「……信濃守はな、信濃に赴任するときに年ごろの娘も連れてったんだが、そっちで娘が誰ぞと通じて、女の子を生んだんだよ。それが御方様だな。ただ、国守の任期を終えて都へ帰るときに、そっちの男とは別れたらしい。生まれた御方様を連れて都へ帰って、しばらくして、別の男と結婚した。その男が、婿に入った兵部大輔だ。だから御方様は、兵部大輔の子じゃねぇんだ。誰だか知らんが、信濃の男との子だよ」

そう言って老爺は、へっ、と短く笑った。

「まぁ、兵部大輔の娘だったら、あんな美人にゃなるまいな。えらい公達に見初められることもなかっただろうよ」

「……じいさん、見たことあんのか？　あんな美人って」

「ちっこいころにな。ちっこくても、まぁ、天女かと思うようだった。あれでもとの身分がもっとよけりゃ、天子様のお側にだって上がれただろうよ」

昔見た姿を思い出したのか老爺は目を細め、それからまた腰を屈めて、ゆっくりと草引きを続ける。

「ふーん、そうか。じゃあ、次の代でようやく見目と身分がそろって、念願の宮中に上がれたってことなんだな」

「はは、そうだな。天女みたいな美人の母親と、えらい公達の父親と……。兵部大輔も鼻高々でふんぞり返るってもんだ。まったく、運と要領のいいやつだよ」

老爺の口ぶりからして、どうやら兵部大輔は義理の娘と孫娘の栄誉に、相当得意になっているようだ。

「それほど運がよくたって、人の欲には際限がないからなぁ。兵部大輔としちゃあ、天女みたいな義理の娘には、もっと大納言の子を生んでほしかったんじゃないのか。子供は女官になった娘一人だけなんだろう？」

世間話のように、ごくさりげない口調で是道が言うと、老爺は仕事の手を止めて、腰を屈めたまま顔だけを上げた。

「……いや、娘がもう一人、いたんだが」

「へぇ？　いたのか」

「宮中へ上がった娘の、二つ下だったと思うが……。ちょうどそのころ、おれの末の娘が、信濃守の家の厨(くりや)の手伝いに行っててな。天女みたいな御方様が、二人目の子を身籠ってて、人手がいるからしばらく来てくれって頼まれて……しばらくして、元気な女の子が生まれたって聞いたんだが」

「だが？」

「末の娘がそのあと手伝いを辞めたもんで、しばらく話を聞かないうちに、赤ん坊の泣き声がしなくなって……それで末の娘が厨の連中に訊いたら、たぶん死んじまったんだろうって」

「たぶん？」

「いや、厨の連中は、直接は何も聞かされてないからよ。ただ、ある日急に赤ん坊が泣かなくなったもんで、どうしたんだって女房に訊いたら、何だったかな……ああ、お気の毒にとか何とか言って、泣いてたんだと」

「そういうことか……」

是道が肩越しに瑠璃丸を振り返り、二人は顔を見合わせる。

弟ではなく妹がいたということまではわかったが、やはり亡くなってしまっていたようだ。

三条の典侍の母親の出自はわかったが、盗賊につながる情報はないように思える。

すると老爺が是道の姿を眺め、逆に訊いてきた。

「ところで——何だね、信濃守の娘婿、何か悪さでもしたのかい」

是道は今日も、ひと目で検非違使の看督長とわかる、赤い狩衣姿だ。

「いや、悪さかどうか、わからなくてな。関わりがあるのかないのか、それを調べてるところだ。——じいさん、兵部大輔が悪さしてそうな心当たりでもあるのか？」

「心当たりっていうかな、このまえ見たことのないやつが、うろついてたから」

老爺の言葉に、是道の肩がぴくりと動いた。

「見たことの、ない？」

「ああ、ひと月ほど前だったか……三十ぐらいの、痩せた陰気くさい男が、信濃守の家のまわりをうろついててな。おれはそのときもここにいたんだが、あんまり行ったり来たりしてるもんだから、そこの家に何か用かって声かけたら、黙ってどっか行っちまった」

「顔、見たのか？」

「うつむいてて、よく見えなかったな。着古した水干で……顔中、ぐにゃぐにゃした鬚(ひげ)だらけだった」

「そいつは一人だったか？」

「一人だ。毎日ここへ来てるが、そいつを見たのはそれっきりだな」

「……そうか」

道に迷ったとか、訪ね先の場所がわからないとかいうなら、老爺の問いかけに何か答えただろう。無言で立ち去ったというのは、不審だ。

是道が立ち上がり、老爺に礼を言って歩き出したので、瑠璃丸も老爺に会釈して、その場を離れた。

「……そいつ、賊の一人かな」

「まだ何とも言えんな。胡散臭いことには間違いないが」

　是道は板垣の前で立ち止まる。この向こうは、三条の典侍の実家の敷地内だ。

「こっちが南側で……典侍の母親が暮らしてるのは、東の対だって聞いたな」

「東の対っていうと……あっちか？」

「あっちだな。行ってみるか」

　板垣に沿って、瑠璃丸は是道とともに東側へまわる。

「ここに対の屋を作ったら、庭が狭くなりそうだけどな」

「あとから建て増ししたらしい。三条大納言が気兼ねなく通えるためかと思ったが、信濃守が兵部大輔を娘婿にしたとき、信濃で生まれた孫娘とは住まいを分けておこうと考えたのかもな」

「そうか、なさぬ仲で一緒に暮らすのは、難しいかもって——」

　そのとき、強い違和感に、瑠璃丸の足が止まった。

　……これは。

「どうした、直貫」

「鬼のにおいがする」

「は？」

是道が一瞬、ぽかんと口を開け――それから急いで背伸びをし、板垣の内を覗こうとする。

「おい、この中からか？　まさかここに、例の子供の鬼がいるってのか？」

「わからない。けど、におう。このあいだの怪我した人……あの人より、ずっと強いにおいだ」

「豊平よりか」

「ああ、その人。そういえば、酒飲んでみてどうだったのかな」

「すっかり持ち直して、起き上がれるまでにはなってたぞ。――いや、いまは豊平のことじゃなくてな」

「いるよ。中に、鬼が」

瑠璃丸は板垣を指さし、天を仰いで鼻から息を吸った。

「……間違いない。この中にいる。さすがにこんなところに生粋の鬼はいないと思うけど、においは生粋の鬼に近いぐらいだな」

「おいおい……。いや待て。さっき南側にいたときは、気づかなかったのか？」

「そっちにいるときは、しなかった」

「それじゃ、鬼は東の対にいるってことかよ」

「……」

そういうことになる。少なくとも、邸内の東側のどこかにいるはずだ。

「確かめられるか。この中のどこに鬼がいて、それが誰なのか」

瑠璃丸の側に歩み寄り、是道が小声で早口に問うた。

「それは……中に入って、姿を確認しないと」

「そうだよな……」

是道は腰に手を当て、うつむき、その場をぐるぐると歩きまわる。確かめる方法を思案しているようだが。

「……夜なら、忍びこめるか？」

ようやく立ち止まり、是道は独り言のようにつぶやいた。結局、そういう手段しか思いつかなかったようだ。

「こっそり忍びこんで、中の連中を片っ端から確かめていくのか？　外にいてくれればいいけど、建物の中にいたらどうする？　それに――」

瑠璃丸は再度、慎重ににおいを嗅ぐ。

「……これ、たぶん、女の鬼だ」

「はぁあ？　──っと」

思わず大きな声を上げたらしい是道は、自分で自分の口を押さえた。

「……おいおいおい。本当か？」

「俺も人の世に来て長くなったから、ちょっと自信ないけど。でも、このにおいは男鬼じゃないと思う」

「待て。……よくわからなくなってきたぞ」

平手で自分の額を何度も叩き、是道が目を瞬かせる。

「あー……つまり、この家の中に女の鬼がいる。盗賊の中にも子供の鬼がいる。賊はこの家から宮中に上がった娘に恨みを持ってて、娘を口説いてる連中の家に押し入ってる、ってことだが」

「……まとめてみても、よくわからないな」

「言ってるおれも、さっぱりわからんが──」

是道は額を掻きながら、瑠璃丸を振り返った。

「とりあえず、やっぱり忍びこんでみてくれないか。今夜にでも」

「今夜？」

「早いほうがいいだろ。幸い、いまなら月明かりもほとんどない」

「家の者に見つかったらどうするんだよ。ただでさえ俺の見た目は目立つのに」

「逃げ足は速いだろ。おれも一応、外で待っててやるから」

「……ったく……」

うっかり同行したのが間違いだったのかもしれない。

大きくため息をつき、瑠璃丸は自分の背丈より少し高い板垣を見上げた。


この時季にしては冷たい風が吹き、鴨川の流れる音にまじって、どこからか野犬の遠吠えが聞こえた。

星明かりの下、見渡すと大小の家々の屋根が、闇に沈んでいる。

三条の典侍の実家――兵部大輔の家もまた、そんな多くの家々と同じように、日暮れとともに門を閉ざし、いまはひっそりと静まり返っていた。

「……するね、鬼のにおい。うん、女鬼だよ」

「やっぱりそうか……」

兵部大輔邸東の対の屋根の上で、瑠璃丸は妹の竜胆とともに、家の中の様子をうかがっていた。

鬼の正体を探るためには、邸内に忍びこむしかない——是道のいささか強引な提案により、その役目を負う破目になった瑠璃丸は、この家の者に見つかる危険を減らし、かつ確実に鬼を探し当てられるよう、妹の助力を請うことにしたのだ。

竜胆なら、ついこのあいだまで近江の山中を駆けまわっていただけあって身軽で、夜目も鼻も利く。自分よりは小柄なので、身を隠しやすい。

今回の盗賊事件のあらましと、現在調べていることなどを説明したうえで、手伝いを頼めるか打診したところ、いったいどこまで理解できたのかは知らないが、竜胆は「つまりどんな鬼か見てくればいいんでしょ」と、二つ返事で引き受けてくれた。

そんなわけで、邸内に侵入するにあたって、まず屋根に飛び乗ったわけだが。

「ねぇ、これ、水干って、いいね。動きやすいよ。あたし普段からこれ着ようかな」

「……それはやめておけ。桔梗姉さんに怒られるぞ」

身動きがとりやすく、闇夜で目立たず、できるだけ衣擦れの音もしないようにと、瑠璃丸も竜胆も、あえて濃いめの色の水干と袴（はかま）を身に着けている。背丈が五尺に満たない竜胆の水干はすぐに用意できたが、六尺近く上背のある瑠璃丸にちょうどいいものはなく、昼間のうちにわざわざ真珠と桃殿西の対の女房たちが、急いで仕立ててくれたのだ。

「でも、ちょっと近江に帰るときは、これ着ていこうかな。絶対速く走れるし」

「水干が気に入ったのはいいけど、顔はちゃんと隠せよ」

「わかってるよ。兄ちゃんこそ、頭が出ないようにね。髪、目立つんだから」

「……」

瑠璃丸は思いきり顔をしかめ、頭に被っていた布を目深に引っぱる。これでは自分が盗賊のようだ。

「竜胆。……におい、東の対の中だな？」

「そうだと思う。外じゃないよ。この下でしょ」

やはり室内だ。

そうなると、建物の内に忍びこまなくてはならないので、厄介だが。

「……妻戸を開けて入るしかないか」

「兄ちゃん、ちょっと待って。……あそこ、何か明るくない？」

竜胆がするすると屋根の端まで移動して、東廂のほうを覗きこむ。瑠璃丸も屋根を軽く蹴って、足音を立てずに竜胆の横に降り立った。

「……明るいな。灯りが漏れてるのか」

「格子が開いてるんじゃない？　中が覗けるかも。……あたし、先に降りて様子見てくるよ」

「気をつけろよ」

竜胆はひらりと片手を振って応え、音もなく飛び降りる。

瑠璃丸がそのまま待っていると、竜胆はあまり間を置かずに戻ってきた。

「やっぱり格子が開いてた。中、見えるよ。たぶん、あの人が鬼だと思うけど」

「いたのか？」

「とってもきれいな格好してる、大人の女の人。灯りがあるから、顔も見えるよ」

そう言うと竜胆は手招きして、再び降りていく。瑠璃丸も下の様子を慎重にうかがい、竜胆のあとに続いて飛び降りた。

風を通すためか、格子が一枚だけ上げられており、そこから光が漏れている。竜胆はすでにその開いた格子の脇に身をひそめ、中を覗いていた。瑠璃丸もあたりを見まわしつつ、竜胆の横に立つ。

すると何か楽器を爪弾くような音が、ひとつ、ふたつ聞こえた。いや、琴ではない。おそらく琵琶(びわ)の。

屈んでいる竜胆の上から室内を覗くと、几帳に半分姿が隠れてはいたが、美しい袿(うちき)を着た、長い髪の女人の横顔が見えた。手には琵琶を持っている。年は三十から四十ほどだろうか。横顔なので容貌はよくわからないが、鼻は高く見えた。

そして、先ほどからずっと漂っている、これは——やはり、女鬼のにおい。

あの女人が鬼だ。

額に角はない。だが、これほど強くにおうのなら、間違いないはずだ。

侵入せずとも姿を確かめられたのは、運がよかった。問題は、あの女鬼が誰なのかということだ。この家の女房か、それとも。

「……ああ、やはり。絃が切れているわ。こちらも緩んでいるし……」

女鬼が琵琶を眺めながら、つぶやいた。

「しばらく使っておりませんでしたからね。直してからお届けしましょう」

「そうして。こういうものでも、気晴らしになればいいのだけれど……」

女鬼の向こうに、もう一人誰かいるらしい。女鬼はその誰かに琵琶を渡して、深く嘆息する。

「……あの子も気の毒なこと。藤蔵人が相手ならば、良縁と思ったのに」

「やはり、町口の少将様のほうがよろしかったのでは……。姫君はああ言っておいでしたけれど、御方様がもっと強くお薦めになれば」

「あの強情な子が、私の言うことなど聞きませんよ。まったく誰に似たのやら……」

瑠璃丸は、静かに息をのんだ。

藤蔵人が相手ならば。町口の少将のほうがよかった。姫君に御方様。——女鬼が、あの子と呼んだのは。

女鬼が、ふと顔を上げる。

「……ところで、ねぇ、さっきから、何かにおわない？」

「薫物でございますか？」

「そういうにおいではなくて……何かしら、これは」

しまった。こちらが女鬼のにおいをたどれるのだから、女鬼も、こちらのにおいを察することができるのだ。

竜胆もそれに気づいたようで、瑠璃丸を振り返る。瑠璃丸はうなずいて後ずさり、素早く跳躍した。一拍遅れて、竜胆も屋根の上に戻ってくる。

「……鼻が利くね、あっちも」

「ただ、鬼のにおいだとはわからなかったみたいだな」

「見た目、まったく人と同じじゃない。自分が鬼だってこと、知らなかったりして」

そういうことも——あるかもしれない。自分の素性を聞かされないまま、人の世で暮らしていれば。

「行こう。看督長に報告しないと」

「正体、わかったの？」

「ああ」

まさか、こんな結果だとは思わなかったが。

瑠璃丸は屋根を蹴って大きく跳ぶと、朝に話を聞いた老爺の畑の横に着地する。

「お——早かったな」

今朝と同じように崩れた築地塀に腰掛けていた是道は、瑠璃丸と、その後ろに降り立った竜胆を交互に見た。

「運がよかったし、妹を連れてきて正解だった。格子が開いてたから、入らなくても姿が見えた」

「へぇ、そりゃ、ついてたな。それで、どんな鬼だった？」

「三条の典侍の母親」

「……」

立ち上がりかけていた是道が、そのままの格好で固まる。

「女房と話してた内容を聞いてると、そうとしか考えられない」

「……おい。おいおい……」

「三十から四十くらいの、きれいな女の人。いい衣を着て、御方様って呼ばれてたよ。角はないし、人にしか見えなかったけど、あの人は間違いなく鬼」

竜胆がはきはきと、見たこと聞いたことを是道に伝えた。

「妹の言うとおりだ。あの女の鬼は、藤蔵人や町口の少将のことを話題にして、娘のことを強情な子って言ってた。縁談のことでは親の意見を聞かないみたいだ」

「本当にかよ……」

あらためてのろのろと腰を上げ、是道は片手で額を押さえる。

「……ちょっと待て。典侍の母親が鬼ってことは――」

「三条の典侍も、鬼だ」

正確には、女鬼と人の男とのあいだに生まれた子、ということになるが。

「今朝ここで、じいさんが話してたよな。信濃守が娘を赴任先に連れていって、娘は信濃で子を生んだって。……つまり、信濃にいる鬼と交わって、それで生まれたのが三条の典侍の母親だ」

「あ。……あー、そういうことか……」

まだ額を押さえたまま、是道が大きくうなずく。

「そうか。……ってことは、三条の典侍がえらい美人だってのも、納得できるな」

「ん？」

「あんたらみたいな、人間離れした美人だってことだろ」

是道がどこか呆れたような表情で、瑠璃丸と竜胆を指さした。

すると竜胆が、目をぱちぱちと瞬かせる。

「えー、あたしも美人？」

「美人だ、美人。そんだけきっちり整ってる顔は、なかなかお目にかかれんぞ」

「……妹をおだてないでくれ、看督長」

素直に褒めているのかどうかは微妙な、是道の褒め言葉ではあったが、竜胆は跳びはねてはしゃいでいた。

「わぁ、嬉しい。えー、でも、その三条の典侍っていう人、そんなに美人なら、見てみたいなぁ。どこにいるの？」

「宮中だ。ものついでだから、兄ちゃんと一緒に見てくるか？」

「――は？」

気楽な口調で言い出した是道に、瑠璃丸が強く眉根を寄せる。

「いや、本当に三条の典侍が鬼なのか、確かめられるかと思ってな」

「……」

三条の典侍も鬼なら、たしかに鬼のにおいがするはずだ。それも、おそらく母親に似たにおいが。

「兄ちゃん、行こうよ。あたし宮中って見てみたい」

「……誰かに見つかったらどうする」

「ちょうど見つからないような格好してるじゃない」

竜胆が元気よく、水干の袖を広げてみせる。

そういえば、近江の山の中を駆けまわっていたころに比べると、竜胆も都へ来てから、あまり動いていないはずだ。屋根の上を跳びまわって、久しぶりに思いきり動けることが楽しいのだろうか。

「……確認したら、すぐ帰るぞ」

「うん！」

「看督長は——俺の家で待っててもらえるか」

「行ってくれるか。わかった、邪魔してる」

是道はすぐに道へ出て、足早に立ち去った。

こちらは歩くより、跳ぶほうが速い。

「内裏の方角は……あっちだな。行くぞ」

瑠璃丸は竜胆とともに再度、屋根へ跳び――あっというまに是道を追い抜いた。

まさか出仕するようになるより前に、屋根から宮城に入ることになるとは思わなかった。瑠璃丸は大内裏の東側にある待賢門の上で、そっとため息をついた。

眼下には夜間の警備中だろう、衛士と思しき男たちの姿が何人か見えたが、さすがに頭上にまで目配りする者はいなかった。

「……まだ鬼のにおいはしないね」

鼻から息を吸って、竜胆がつぶやく。

「さっきの母親より、においは薄いはずだ。三条の典侍の父親は、人だから」

「じゃあ、かなり近づかないと無理だね。……えーと、内裏は？」

「その囲まれてる中だな。……ここからはもっと気をつけろよ」

「はーい。――っと」

返事をするが早いか、竜胆は跳躍し、あっというまに、内裏の内郭にめぐらされた回廊の屋根に降りてしまった。

もっと慎重に近づくつもりだった瑠璃丸は、再度ため息をついて、ひと跳びで妹に追いつく。

「おい、気をつけろって――」

竜胆の肩を摑んで引き戻そうとして、瑠璃丸は人の気配に言葉を切った。中の建物の屋根に跳ぼうとしていた竜胆も、前のめりで動きを止める。

「……やっぱり駄目ですよ、若君。ね、帰りましょう」

「うるさいな。だったらおまえ一人で帰れ。誰もついてこいなんて言ってないぞ」

どこかで聞いた声だ。瑠璃丸は竜胆に、ここで待つようにと手振りで合図し、声のしたあたりへ回廊の屋根伝いに跳んだ。

身を屈めてそっと下を覗くと、直衣姿と狩衣姿の若い男二人が、回廊の途中にある門の近くで、押し問答をしていた。

「いったいどうするつもりなんです。もうすぐ宮様の降嫁が公表されるんですよ」

「だから急いでいるんじゃないか」

互いに小声で会話しており、人の耳では屋根の上からでは聞こえないだろうが、鬼の耳なら、集中すればその声も話の中身も、はっきり聞き取れる。顔までは見えなくとも、誰が何をしゃべっているのか、すべてわかった。

「兄ちゃん、どうしたの……？」

待つように指示したはずの竜胆が、音もなく寄ってきて、一緒に聞き耳を立てる。

「……真珠の弟がいる」

「えっ」

「しっ。……真珠の弟は、三条の典侍に惚れてるんだ。逢いにきたのかもしれない」

「もう一人は？」

「たぶん、乳兄弟だ。この声も聞き覚えがある」

ささやくほどの声で瑠璃丸が説明しているあいだにも、高俊とその乳兄弟は、押したり引いたりしながら、じりじりと門のほうへ進んでいた。

「お父上に叱られますよ。左府様にも……」

「叱られたって、私はここであきらめるつもりはないぞ。……放せ、雉丸」

雉丸は、高俊の乳兄弟の幼名だ。とうに元服しているはずだが、高俊はまだ幼名で呼んでいるらしい。とにかく、これでこの二人は間違いなく、高俊とその乳兄弟だと思っていいだろう。

「いいか？　三条の典侍はな、誰とも結婚していない男でなければ、恋人にしないと言っているんだ。そして私は、まだ結婚していない」

「でも、来年には女一の宮様と御結婚されるんですから……」

「だからその前でなければ駄目なんだ。いまのうちなら、私は堂々と独り身だと言える。三条の典侍も、きっと私を受け入れるはずだ」

得意げな高俊の顔が、目に浮かぶようだが。

「……え？　ずるくない？　騙してるでしょ、それ」

竜胆が剣呑な口調で、ぼそりとつぶやいた。

「そんなの、すぐ愛想つかされますって。……若君、ちょっと若君」

「父上には降嫁の公表をしばらく待ってほしいと、お願いしてある。そのあいだに、先に典侍と結婚してしまえば、こっちのものだ」

「いえ、ですから……あっ、待ってくださいって……」

とうとう高俊が雉丸を振り切ったようで、走り去る足音が聞こえる。

「ちょうどいい。追うぞ。行き先は三条の典侍のところだ」

「えー、ねぇ、あれ本当に真珠姉さんの弟なの？　ただの女好きじゃない……」

思いきり顔をしかめ、竜胆も瑠璃丸とともに屋根を走った。

もはや通い慣れているのか、高俊は迷うことなく先へ進んでいく。瑠璃丸と竜胆も回廊の屋根から幾つかの建物の屋根を跳んで、高俊の姿を追いかけた。

すると高俊は、内裏の北側にある建物のところで足を止め、周囲の様子をうかがう素振りを見せてから、階をこそこそと上っていく。

「……兄ちゃん、におい……」

「するな。……この下だ」

高俊が入っていった建物の屋根の上で、瑠璃丸と竜胆はうなずき合った。

付近で、先ほど兵部大輔邸の東の対で嗅いだにおいによく似た――しかしそれほど強くはないにおいがする。

どこか降りられそうなところはないかと、軒を歩いて探してみたが、ちょうど高俊が入っていったところと反対側を、松明を持った夜まわりの衛士たちが通ったため、すぐには高俊を追えずにいた。

「……兄ちゃん、兄ちゃん」

竜胆に手招きされて移動すると、においを幾らか強く感じるところがあった。

「ね？　このあたりにいそうな気がする」

「そうだな。……？」

屋根の端から下を覗いた瑠璃丸は、ふと違和感を覚え、とっさに竜胆の腕を摑む。

「え？」

「静かに。……誰かいる」

「えっ、どこに」

　建物のある敷地は垣で区切られていたが、敷地の隅に植えられている庭木の陰に、しゃがみこんで建物のほうをうかがう人影があった。おそらく水干を着ている。男のようだ。顔の下半分を隠すぐらいの鬚があり、容貌はよくわからない。

「何あれ？　隠れてるの？」

「そうみたいだな……」

　そのとき軒下から物音がして、ほどなく人の声も聞こえてきた。

「……どうか、お引き取りを……」

「私は本気です。あなたと結婚したいんだ」

「わたしは、まだそんな気には……」

「藤蔵人のことなら、私が忘れさせてあげます」

　どうやら妻戸を開けて外に出てきたらしい。これもおそらく、人の耳なら聞き取りづらいだろうが、鬼の耳には届く。——そして、においもよりはっきりしてきた。

「お気持ちは光栄です。でも、あなたは桃殿大納言の御嫡男でございましょう。もうとうに縁談がおありのはずです」

「ありませんよ。私はまだ若輩の身です。父がどうあれ、こんな若造に縁談など来やしませんよ」

「……嘘つき」

屋根に座り、竜胆が呆れ顔でつぶやいた。

竜胆にも、下で言い合っているのが高俊と三条の典侍だということは、すでにわかっているようだ。

瑠璃丸は二人の話に耳を傾けながら、庭木の陰にひそんでいる男を注視していた。男の様子からして、高俊と三条の典侍を見ているのは、間違いなさそうだ。しかも男がいる場所なら、会話も聞こえているかもしれない。

「今夜は帰りません。どうか私の話をもっと聞いてください。そして、あなたの心の内も聞かせてほしいんです」

「そんな……。お静かになさって。皆が起きてしまいますわ」

「では、人のいないところへ行きましょう。あちらの渡殿で、ゆっくり……」

においが動き、二人がその場から離れた気配がした。すると隠れていた男が素早く身をひるがえし、近くの小さな門から出ていく。

「おまえは典侍を見てろ」

早口で竜胆に告げ、瑠璃丸は男を追った。

屋根から屋根へ跳び、また回廊へと戻り――男はどうやら、内裏の外に出ようとしているようだった。おそらく宮城からも出るのだろう。どこへ行くのか。

「……っ」

男は門を通ったはずだった。しかし瑠璃丸が門の屋根へと跳んで、その下をくぐったはずの男を見つけようとしたが、その姿はどこにもなかった。

――しまった。引き返したのか。

瑠璃丸は門の内側に目を転じたが、そちらにも男はいない。もしや回廊を通って、別の門から出ていってしまったか。

しばらく周辺を捜したが、とうとう男は見つからなかった。こちらの追跡に気づいたのだろうか。いや、気取られてはいなかったはずだ。しかし見失ってしまった。

仕方なく、瑠璃丸が竜胆のもとへ戻ると、竜胆はさっきの建物の屋根に腰掛けて、夜空を見上げていた。

「――典侍は？」

「何か、弟にもうすぐ口説き落とされそう。あの人、恋人を亡くしたばっかりじゃなかったの？」

「……立ち直りが早いのか、付き合いの短い恋人だったから、案外情が薄かったかのどっちかかもな」

それにしても、まさかあれでほだされてしまうとは。

「典侍の顔は見たのか？」

「ちょっと見たよ。横顔、さっきの女の人にそっくり。美人親子だね」

つまり、鬼の親子だ。

「確認できたなら、帰るか。看督長に知らせないと」

「隠れてた人は？」

「見失った。ここは建物が多くて、物陰に入られたら追いきれないな。――行くぞ」

竜胆に公貫邸の方角を指し示して、瑠璃丸は屋根を蹴って大きく跳ぶ。

二度ほどどこかの家の屋根を経由して、瑠璃丸と竜胆は公貫邸の庭に降り立った。

「ただいまー……っと、あれ？」

庭から東側にまわろうとしていた竜胆が、足を止める。

「どうした？」

「桔梗姉ちゃんが……」

竜胆が指さした先を見ると、桔梗が東の妻戸の前に立っていた。

だが、ただ立っているのではなく、腕をだらりと下げ、呆然としている。明らかに様子がおかしかった。

「姉ちゃん——姉ちゃん、どうしたの？」

「……」

履物を脱ぎ捨てながら軽々と高欄を飛び越え、庭からそのまま桔梗の側に着地した竜胆を、いつものように行儀が悪いと叱ることもなく、黙りこんでいる桔梗の頬が、きらりと光る。瑠璃丸もはっとして、東廂の階を駆け上がった。

「姉ちゃん、どうしたの。何で泣いてるの」

「……」

力なく首を振り、妻戸の前からどくと、桔梗は踵を返して北廂のほうへと歩いていってしまう。竜胆が慌ててそのあとを追った。

瑠璃丸も桔梗と竜胆についていきかけたが、妻戸の向こうから話し声が聞こえて、足を止める。——人の耳ならよく聞こえないはず。だが。

「……いやもう、本当にそれしかないと思うんですよ」

「協力できることはするが、私はもう四十近い。典侍にしてみれば、親に近い年だ」

「いやいやいや、刑部卿はお若いですって。大丈夫、大丈夫……」

鬼の耳なら、戸を隔てていてもよく聞こえる。桔梗は特に耳がいい。

瑠璃丸は妻戸を開け、中に入った。南廂はもう格子が下げられていて暗く、公貫と是道のいるところだけに、灯りが置かれていた。

「──父上」

「ああ、おかえり瑠璃丸。宮中に行ったって……」

「いま何を話してたんですか。姉さんが泣いてました」

「……桔梗が？」

公貫の表情が一瞬で険しくなり、あたりを見まわす。

「ここにはいません。外で聞いてました。姉さんは耳がいいって知ってるでしょう」

「っ……」

跳ねるように立ち上がり、公貫はほとんど走る速さで妻戸から出ていった。

残された是道が、あっけにとられた顔で瑠璃丸を見上げる。

「おいおい、何なんだ、いったい……」

「何なんだはこっちが言いたい。父上と何を話してた？」

「いや、盗賊をおびき出すために、刑部卿に三条の典侍を口説いてくれって頼んでたんだが……」

「──はぁ？」

前のめりになって声を上げた瑠璃丸に、是道がのけぞって両手を振った。

「怖ぇよ。座れよ。……もちろん本気で口説けなんて、言っちゃいない」

「嘘でもそんなこと」

「今回の件を承知してて、信用できて、それなりの身分で、なおかつ結婚してない男なんて、おれは刑部卿ぐらいしか知らねぇんだよ」

「……父上は、何て」

「狙われる家に共通する条件がそれしかないなら、おびき出す方法もそれしかないだろう、って」

では、公貫は是道の作戦に乗るつもりだったのか。

瑠璃丸は額を押さえ、その場に座りこむ。

「……それは泣くよな」

「誰が泣くって？」

「俺の姉だ。ここで女房やってて、父上に惚れてる」

「げ」

是道が思いきり頬を引きつらせた。

「おい、姉さん、いまの話聞いてたのか？」

「聞いたから泣いてたんだよ。姉さんにしてみれば、父上が嘘でも他の女を口説くなんて、嫌に決まってる。しかも自分より年下の女をだ。自分は年の差があるからって、父上に相手にしてもらえないってのに……」

「すまん。なしだ、なし。この話は撤回する」

大声でそう言って、是道は瑠璃丸に頭を下げる。

「悪かった。姉さんにもわびておいてくれ。二度とこんな頼みはしない」

「……意外だな。あんたなら、どうせ嘘なんだから気にすることとなんかないって言うかと思った」

「おれは何の罪もない女を泣かせてまで、仕事しないぞ。そういう相手がいると先に知ってたら、そもそも刑部卿には頼まなかった」

心底まいったという表情で、是道は肩を落としている。……そういえば、案外やさしい男だった。

「父上に頼まなくても、たぶん次に狙われる家は決まってるよ」

「何？　本当か？」

「ここの隣り。——桃殿」

瑠璃丸が肩越しに、自分の背後を指さした。

「おい。直貫の婿入り先じゃねぇか」

「さっき宮中に行ったら、俺の妻の弟が、三条の典侍を口説いてたんだよ」

「……詳しく話せ」

是道の目に、鋭さが戻る。

瑠璃丸は高俊に女一の宮降嫁の話があることを説明してから、宮中で聞いた高俊と三条の典侍の会話を伝え、その様子を見ていた男がいたことも告げた。

「……上から男を追ったんだけど、内裏を出るあたりで見失った。地上に降りて追えばよかった。ごめん」

「いや、謝ることはない。あんたの姿は目立つ。見つからないほうがいい。そういう男がいたってことを見つけてくれただけで、収穫だ」

腕を組み、是道は低い声で応じる。

「その男は鬼じゃないんだな？」

「人だ。少なくとも鬼のにおいはしなかった。顔はよく見えなかったけど、頰から顎にかけて、ごちゃごちゃした鬚があった。歩き方からして、たぶんそんなに年はとってない。二十から三十……せいぜい四十ぐらいだと思う」

「なるほどな。そいつが内裏に忍びこんで、三条の典侍を見張って、誰が求婚してるのかを探ってたのか」

「桃殿の御曹司は、前から三条の典侍を口説いてた。妹の弘徽殿の女御の耳にも入る程度には、宮中にも通ってたんだろう。一度は藤蔵人に負けたけど、今度こそって、ますます熱が入ってるみたいだ。……皇女の降嫁公表まで時間がないから、っていうのもあるんだろうけど」

「御曹司も姑息だなぁ……」

是道が呆れ顔で肩をすくめたところへ、まだ水干を着たままの竜胆が現れた。

「竜胆。姉さんは？」

「いま殿が必死でなだめてて、何とかなりそう。あたしはお邪魔みたいだから、逃げてきちゃった」

「悪かったな。あんたらの姉さんが泣くとわかってたら、言わなかったよ」

律儀に竜胆にまで頭を下げた是道に、竜胆は涼しい顔で片手を振る。

「大丈夫、大丈夫。殿も断るって言ってたし。――ねぇ、それより、盗賊と鬼って、関係あったの？」

竜胆に問われ、瑠璃丸と是道は顔を見合わせた。どちらも渋面だが。

「……関係あったのかどうかは、結局、よくわからないな」

「わからんな。けど、まぁ、賊を捕まえて吐かせれば、わかるだろ」

「それしかないのか……」

はたして盗賊が、桃殿を標的に定めるのかどうか。

「竜胆、もしかしたら近いうちに、桃殿に盗賊が入るかもしれない」

「えっ。真珠姉さん危ないじゃない」

「盗賊が正確に邸内を把握しててくれれば、狙われるのは主に東の対だろうけどな」

「どっちにしても危ないんでしょ。あたし、しばらくこの格好でいるよ。何かあったら、あたしも助けにいくから」

「……勇ましいな、おい」

是道がつぶやいて、ふと片眉を上げた。

「女子供に危ない真似(まね)はさせたくないが、鬼の素早さは得難い戦力だな。……竜胆、そのときには、ちと頼みたいことがあるんだが」

◆◆・・・・・◆◆・・・・・◆◆

亥(い)の刻を過ぎたというのに、瑠璃丸はまだ帰ってこなかった。

遅くなっても必ず戻ると言って出かけていったが、これほど遅くなったら、今夜はもう、こちらには来ないかもしれない。

真珠は帳台の内で一人、うつ伏せて枕を抱え、切燈台の小さな火を見つめていた。

朝一度出かけて昼に帰ってきた瑠璃丸から、今夜の外出の目的と行き先は聞いている。竜胆が同行することも。

頼まれて急いで縹(はなだ)色の水干を仕立てたが、あれで見つからずにいられただろうか。忍ぶ用事だというし、もっと濃い色のものを用意できたらよかったのだが。

「……」

目を閉じると、炎の明るさがまぶたの裏に映る。

何となく、水干を縫うあいだに瑠璃丸が語っていた、三条の典侍の家のことが気になっていた。

信濃で生まれた娘。その娘が生んだ、後に典侍になった女児。赤子のうちに死んだという、その妹。家のあたりでした、鬼のにおい。――盗賊の中にいた、身の丈五尺の子供の鬼。

考えながら、少しうとうとしていたそのとき、どこかで物音と、遅いですよ、という女房の声が聞こえた。

重い足音が近づいてきて、帳が動く。

「……起きてたのか」

まだ水干姿のままの瑠璃丸が、一度足を止め、すぐに中へ入ってきた。

「おかえりなさい。いま、寝そうだったわ」

「眠いだろう。寝ていいんだぞ」

「もう目が覚めたわ。……見つからずに、知りたいことを調べられた？」

「ああ。おかげでとんでもないことまでわかったけどな」

息を吐き、瑠璃丸が水干の襟を緩める。真珠も起き上がって、脱ぐのを手伝った。

「とんでもないことって？」

「何から言えばいいのか……。とりあえず、朝になったら、寝殿の大納言か琴宮様に伝えてくれ。近いうちに桃殿に盗賊が押し入るだろうって」

「え？」

「東の対の弟が、まだ三条の典侍を口説いてる」

「……高俊が？」

水干をたたむ手を止め、真珠は目を瞬かせた。

「いろいろあって、典侍の実家からそのまま宮中にも行ったんだが、ちょうど口説いてるところに出くわして」

「……あの子ったら……」

「竜胆の話じゃ、典侍もまんざらでもない様子だったらしい。そうなると、次はここが盗賊に狙われる可能性が高くなる。典侍を見張ってる、怪しい男もいた。さすがに今夜ってことはないだろうが、すぐにでも対処したほうがいい」

そう言いながら、瑠璃丸は茵に腰を下ろす。

「……検非違使は、このこと？」

「看督長が承知してる。ここに押し入ってきたところを一網打尽にしたいから、できれば桃殿と協力したいって」

それなら、検非違使に見まわりしてもらったり、こちらで警備の者を増やしたり、そういう目に見える対策をすると、盗賊が警戒して逃げてしまうかもしれないので、逆に捕まえられなくなってしまうということか。

真珠は少し考え、それから帳の向こうに声をかける。

「誰か——誰か起きている？」

返事が聞こえ、女房が二人、すぐに現れた。

「悪いけど、これから寝殿に行って、お母様に……いいえ、周防がいいわ。周防に、明日の朝、お父様が出かけたら、内密の話があるからお母様に西の対にいらしてほしいと伝えて」

かしこまりましたと言って寝殿へ向かった女房たちを見送って、真珠はあらためて瑠璃丸の前に座り直す。

「……寝なくていいのか？」

「こんな話を聞いたら、眠れないわ。出かけてから何があったのか、教えて」

膝を進めてにじり寄ると、瑠璃丸は苦笑して、体を横にした。

「話すけど、楽な格好をさせてくれ。……真珠も、ここに」

うながされ、真珠も寝そべって瑠璃丸にくっつく。

「……三条に、鬼はいたの？」

「いた。典侍の母親だった」

「やっぱり……」

思わずつぶやくと、瑠璃丸が顔を覗きこんできた。

「真珠、やっぱりって？」

「あなたを待つあいだ、考えていたの。……もし、信濃で生まれたという典侍のお母君が鬼だったら、って」

瑠璃丸の額を隠す白銀の髪を見つめ、真珠は淡々と言葉を続ける。

「典侍には、生まれてしばらくして亡くなった妹がいたって、言っていたでしょう。でも、わたくし、その妹は生きていると思うの」

「どうして」

「それならつながるのよ。盗賊の中にいる、子供の鬼と」

「……」

瑠璃丸が息をのむ気配がした。

「大納言の妻になったり、宮中で働けたりしているのだもの。典侍のお母君も、典侍も、血筋は鬼に近くても、人と違わない見た目で生まれたはずよ。でも、もし典侍の妹が——典侍の妹だけが、角を持って生まれてきたとしたら？」

人の血が入った鬼は、桔梗や竜胆のように、角が生えてこないことがある。だが、もちろん生えてくる場合もあるのだ。親子でも、兄弟姉妹でも、角の有無はそれぞれ違う。

「……三条の御方と典侍は、たまたま角が生えなかっただけ……」

「ええ。そして典侍の妹だけ、たまたま角が生えていた。……大納言の娘に鬼の角があるのは困るって、三条の家の人たちが考えたら、妹はどうなるかしら」

「死んだことにして、捨てられたのか……」

瑠璃丸は大きく嘆息する。

「……角の生えた赤ん坊が、よく生き延びたよ」

「そうね。生き抜くのは大変だったと思うわ」

盗賊の仲間になったのも、生きるためだったかもしれない。そう考えると憐れにも思えてくる。

「恨むかもな。自分は捨てられて、たまたま角なしで生まれた姉は、華やかな宮中にいるなんて」

「恨むかもしれないわね。苦しい暮らしをしていればいるほど……」

真珠は瑠璃丸の胸元で、深く息をついた。

憎い姉の幸せを阻み、評判を落とす。そのための方法が、姉に求婚した公達の家を盗賊仲間と襲うこと。

恨む気持ちは理解できるが、盗み、人斬りは罪に問われる。瑠璃丸はずっと、この件に鬼が関わっていてほしくないと願っていたのに。

「でも……捕まえなくてはいけないのね」

「……ああ。これ以上、被害を出すわけにはいかないしな」

よりによって、次に被害に遭うのがこの家だというなら、なおさら。

真珠は瑠璃丸の胸に、頬を強く押しつける。

瑠璃丸も黙って、真珠の背に腕をまわして抱きしめた。


「……あの子がここまで愚かだなんて、思わなかったわ」

高俊が再び宮中に通い始めた話を聞き、琴宮はうめくようにつぶやく。

昨夜、周防にこっそり託した伝言の意図を正確にくみ取って、琴宮は夜が明け夫を仕事に送り出してから、周防一人を伴って西の対を訪れた。

そして、最近の盗賊被害と三条の典侍との関連性、三条の典侍とその母親の出自についての説明をひととおり瑠璃丸から聞いたあと、高俊の宮中通いのことも知らされたのだが。

「求婚の仕方が姑息すぎるわ。何なの、女一の宮と結婚するまでは独り身って……」

「俺もひどい理屈だと思いましたけど、三条の典侍はそれでほだされたみたいで」

瑠璃丸が少し言いにくそうにそれを告げると、琴宮は、まぁ、と声を上げた。

「その典侍も、恋人を亡くしたばかりで」

「恋人を亡くしたばかりだったから——ということでもあるみたいよ、お母様」

真珠は軽く息をつき、御簾越しに東の対へと目を向ける。

「お母様がこちらへ来られる前、うちの女房に、東の対の女房の話を聞きにいかせてみたの。そうしたら高俊、藤蔵人が亡くなったすぐあとから、三条の典侍に文を送り続けていたのですって」

「えぇ？」

「典侍をとにかく気の毒がって、懸命にはげますような文だったみたい。でも、あちらの女房たちも降嫁のことがあるから、とても気を揉んでいて……」

「……典侍の気が弱っているところにつけこんだというわけね」

琴宮はいまいましげに、閉じた扇で自分の膝を叩いた。

「そこまで三条の典侍を好いているのなら、高俊もおじい様とお父様に、女一の宮の降嫁の話はきっぱりお断りしますって、きちんと言えばいいのに。それとも、言っているのにお父様たちが聞く耳を持たないの？」

真珠が訊くと、琴宮は冷めた表情で扇を左右に振る。

「降嫁の話を断る気はないのよ、あの子」

「え、そうなの？」

「それはそれ、これはこれ。──父親そっくりになってしまったわ」

「……ああ……」

三条の典侍は絶対に恋人にしたいが、女一の宮も間違いなく妻にしたい。そういうことなのだ。

真珠と琴宮がそろって肩を落としていると、琴宮の後ろに控えていた周防が、途惑った様子で瑠璃丸を見る。

「……あの、先ほどの話……そのとおりならば、いずれこの桃殿に、盗賊が押し入ってくるということでは」

「きっと、そうなります」

瑠璃丸は強い口調で返事をした。

「そこで検非違使の看督長が、盗賊がここへ入ったところで捕らえたいと、桃殿に協力を求めています」

「そのように危険なことを、こちらで請け合うことは……」

「──って、たぶん周防と同じようにお父様も仰る（おっしゃる）と思ったから、今朝はお母様だけに来ていただいたの」

早速、反対しようとした周防に、真珠はにこりと笑う。

「盗賊を野放しにしてはおけないというのもあるけれど、わたくしたち、盗賊の中にいるかもしれない、鬼のことが気になっているのよ」

「……三条の典侍の妹かもしれない鬼？」

「本当にそうなら、捕まえることで、逆に、盗賊の中からは出してあげられるわ」

罪には問われてしまうだろうが、もし本当に姉への恨みを抱えているならば、その気持ちを吐き出す機会は与えられる。

「……殿には話せないわね。真珠の言うとおり、大騒ぎするでしょうから。大殿も、他所の女人のところへ行ったまま、滅多にお帰りにはならないし……」

琴宮はそう言って眉間を少し皺め、考えこんだ。

「お父様にもおじい様にも、内緒にしておくほうがいいと思うわ。普段どおりにしていないと、盗賊が安心して押し入ってこないでしょう」

「そうね。……いいわ、検非違使との協力は、私が許可します。警備の細かいところは、瑠璃丸に任せるわ。ただし、報告はしてちょうだい」

「ありがとうございます。承知しました」

瑠璃丸が頭を下げたそのとき、女房が一人、几帳の向こうから声をかけてきた。

「失礼いたします。いま、刑部卿様がお見えになりまして」

「え？」

真珠、瑠璃丸、琴宮が顔を見合わせたところへ、公貫が女房に案内されて、御簾の向こうに現れた。真珠たちが集まっている東廂の前へくると、そのまま腰を下ろす。

「琴宮もいたのか。……いや、それならちょうどいい。知らせる手間が省けた」

「何かありましたの、兄上」

「実は、その――桔梗と、結婚することにした」

再び真珠、瑠璃丸、琴宮が顔を見合わせ、めいめいが声を上げた。

「まぁ、とうとう……」

「どうしたんですか、急に」

「あら、ずいぶん時間がかかったこと……」

三人それぞれの声に、公貫は居心地悪そうに目を泳がせる。

「父上、昨日の看督長の提案は、本人が撤回するって言ってましたけど」

「ああ、うん、それは竜胆から聞いたが……」

「何？　提案って」

真珠が瑠璃丸にそっと尋ねると、瑠璃丸は横目で公貫をちらりと見てから言った。

「盗賊をおびき出すために、三条の典侍に求婚してみてほしいって、父上が看督長に頼まれたんだよ。父上は独り身だからって。もちろん、おびき出せればいいだけだから、本気じゃない、嘘の求婚なんだけどさ。でも、姉さんがその話を立ち聞きして、泣き出して」

「まぁ……」

「ただ、看督長は姉さんのことを知らなかったからさ。こっちの事情がわかったら、この話はなしにするって、すぐに言ってくれて」

「そうね。おびき出す役目は、うちができそうだもの。おじ様が偽の求婚なんてする必要はないわね」

「……ああ、つまり、桔梗を泣かせてしまったから、これ以上傷つけないようにするためには、兄上が腹を決めるしかなかったのね」

琴宮が愉快そうに、手を打ち合わせる。公貫は普段の様子とは打って変わった、何とも頼りない表情で、下を向いていた。

「いや、まぁ……仕事のためと思えば、偽りの求婚ぐらいはできるが……というか、偽りだからできるのであって……桔梗には、そこをわかってほしかったんだが……」

「あら、ひどい兄上。十年も気を持たせるだけ持たせておいて、待ちくたびれた桔梗に、さらに追い打ちをかけたのね。そんなことでは、ますます泣かれたでしょう。何を言っても泣き止まないほどに」

「……見てきたように言うな」

そのとおりだったらしい。真珠は瑠璃丸とうなずき合う。

泣き止まない桔梗をなだめるには、本気で抱きしめてやるしかなかったのだろう。

「わたくし、桔梗が泣くところなんて、見たことないわ」

「俺だってないよ。姉さん、昔から我慢強いから。竜胆なんかはすぐ泣くけど」

「よほどのことでないと泣かないのね、桔梗は……」

公貫は完全にうなだれている。琴宮はそんな兄の姿に、ころころと笑った。

「本当にめでたいことだわ。ぜひ盛大にお祝いしましょうねぇ。そうだわ、その前に桔梗が好きな豆餅を届けてあげようかしら……」

「……いや、そっとしておいてくれ、頼む」

「お母様、お祝いは盗賊を捕まえたあとにしましょう？　そうでないと、落ち着かないわ……」

これから検非違使との協力に備えなくてはならないのに、浮かれた気分になりそうで、真珠は慌てて母を制する。

「何にしろ、よかったです。……姉さんをよろしくお願いします、父上」

瑠璃丸が苦笑しつつ、御簾の向こうの公貫に頭を下げると、公貫はまだ少々決まり悪そうにうつむいたまま、小さくうなずいた。

第三章　桃殿の大君、居を移すこと

六月も十日ほどが経ち、二日ばかり続いた雨がようやく止んだ日の次の晩、東洞院(ひがしのとういん)大路沿いにある、二条の大納言藤原信俊邸――通称桃殿の東門付近に、ほとんど黒に近いほどの暗い色の衣をまとい、顔も布で覆った者たちが、日没後から一人、二人と集まってきて、半時ほど経つころには十数人にもなっていた。そのうち三人だけが、月明かりがありながら、火の点いた紙燭を手にしている。

やがて中にいた一人が、突如、驚くべき軽やかさで高く跳び上がり、たやすく築地塀を乗り越えて桃殿の敷地内に降りると、あたりの様子をうかがいつつ、門を内から開けた。

集まった者らは次々と中に踏み入り、周囲がひっそりしているのを確かめ、そして合図もなく、二つに分かれて動き出す。数人が紙燭をひとつ持って厨のあるほうへと走っていき、あとの十人ほどは中門を抜け、庭に入っていった。

遣水（やりみず）の流れる小さな水音のほかは、静かだった。

目の前には東の対。その奥には寝殿。遣水を越えた向こうには西の対。あらかじめ示し合わせてあったかのように、十人は半分が東の対へ、もう半分が寝殿へと、それぞれ明かりをひとつずつ持って上がっていく。

ここまでもこの先も、行動はいつも決まっていた。家の者たちを起こさぬよう、できるだけ物音を立てずに妻戸を開けて建物に侵入し、塗籠から持てるだけの布や宝物を運び出す。女房などに見つかったときは、あたりに火を放ち、すぐに外へ出て退却する。手向から者は斬ってしまえばいい。厨のほうへ米を盗みにいった連中と、合流しようなどとは考えない。逃げるときはばらばらで。決してまとまらないこと。そのほうが捕まりにくいものだ。再び集まるのは、何日あとでも構わない。そうやって、何度も成功してきた。今度も同じ。

妻戸を開けて忍びこむ。釣燈籠に火が入っており、中は薄明るい。

貴族の家など、どこも違いはない。

女房の局。主の寝所。塗籠の場所――

「――いまだ!!」

賊の手が塗籠の戸にかかったそのとき、鋭いかけ声とともに、女房たちが寝ているはずの局から、いっせいに人影が立ち上がった。待ち伏せだ。

賊はすかさず抜刀し、紙燭を几帳に向けて投げつける。だが、その火はすぐに踏み消された。

四方八方から長い棒で突かれ、叩かれて、とても刀を使える状況ではない。何とか棒をはねのけようと刀を振りまわすが、逆に叩き落とされてしまった。そのうち腹のあたりを突かれたのか、一人、二人と、力つきてその場に崩れていく。

「かかれ！」

号令がかかり、待ち伏せていた者たちが棒を投げ捨て、躍りかかった。次々と賊を組み伏せ、縄をかけていく。

その中でただ一人――誰かの背にかばわれるかのように、突き出される棒から逃れていた小柄な人影が、大きく跳んだ。捕り手たちの頭上を飛び越え、あっというまに妻戸を開けるとすり抜けるように外へ出ていった。

「あれは追うな！　こっちを確実に捕らえろ！」

逃げた人影に捕り手の注意が向きかけたところを、怒声が引き戻す。捕り手たちは残った賊を手際よく縛り上げていった。

「いいんですかい看督長、あれを逃がしちまって……」

「大丈夫だ。あれを捕まえるやつらが、ちゃんと外にいる。――おれたちの足じゃ、あれには追いつけないからな」

こうして東の対では、侵入した賊は一人を除いてすみやかに捕縛された。

だが、同じころ、寝殿での捕物は混乱を極めていた。

塗籠に入ろうとした賊が、待ち伏せていた捕り手らによって、棒で追いつめられたところまでは、東の対とほぼ同じだった。ところが寝殿に侵入したのは賊の中でも特に屈強な者たちで、棒を掴んでへし折ろうとしたり、一人は逆に棒を奪って捕り手に反撃したりと、大暴れしていた。

どうにか二人までは捕らえたものの、残る三人ほどに逃げられそうになった、そのときだった。――逃げようとしていた賊の眼前に、蝙蝠(こうもり)のように、幼い子供が天井から逆さまにぶら下がったのは。

「……」

屈強な賊も、さすがにその異様な光景に呆然と立ちつくす。そして捕り手たちまでもが、あっけにとられてそれを見ていた。

逆さまの幼子は、楽しげな声を上げて無邪気に笑っている。笑っているが、幼子の胴はやけに長く、ぶら下がっているというより、天井から下に向かって長く長く胴が生えているようで。

釣燈籠の明かりしかないはずなのに、その天井から逆さまに生えた幼子は、誰の目にもやけにはっきりと見えて。

しかも気がつくと、天井だけでなく、柱から横に生えた幼子や、床から生えている幼子などがいて、どれも楽しげに、きゃっきゃと笑っていて――

「――……!!」

賊の中でも最も屈強な男が絶叫し、ばたりと倒れて動かなくなる。気絶したらしい。しかし気を失ったのは賊だけでなく、捕り手たちもあるいは目を剝き、あるいは腰を抜かして、もはや捕縛どころではなかった。賊にとっては逃亡する絶好の機会だが、あいにく気絶した男以外の賊も似たような有様で、立ち上がれる者さえいなかった。

そんな中、物陰から様子をうかがっていたのが桃殿の家人たちだったが。

「……やぁ、久しぶりに出たな、怪しの物……」

「ちょうどいい、いまのうちに盗っ人どもを縛り上げるか」

「検非違使も物の怪は苦手なんだな」

「見慣れてなけりゃ、こんなもんだろ。――これで全部か？　縛り終えたら、打撒で祓っとけ。あとで弦打もしておくか」

「おーい、検非違使たち。物の怪は追い払ったぞ。こいつらも縛っといたから、早いとこ連れてってくれ。……駄目か？　腰抜けてるか」

寝殿に侵入した賊は桃殿の家人たちによってすべて外に運び出され、ついでに気絶した検非違使たちも、肩に担がれ、引きずられて、建物から追い出されたのだった。


「……出てきた」

「行こう」

盗賊が侵入するあいだも西の対の屋根の上でじっと待機していた、水干姿の瑠璃丸と竜胆は、東の対から飛び出してきた影を見て、跳躍した。

影は庭に飛び降りると、すぐに中門のほうへと走っていく。竜胆は先まわりして、中門の前に着地した。

突然目の前に現れた姿に驚いたのか、影は跳びはねるように大きく一歩後ずさり、身構える。

「逃げるならさ、走るより、跳んだほうが断然早いでしょ。さっき、塀を飛び越えたみたいに」

「……」

竜胆の言葉に、全身で警戒を露わにする影の背後で——瑠璃丸はその顔を覆う布に手を伸ばし、一気にはぎ取った。

「あっ……」

甲高い、少女の声だった。月光が、その額に生えた二本の小さな角を白く照らす。

後ろには気づいていなかったのか、少女はぎょっとした表情で瑠璃丸を見た。

「……やっぱり似てるね、三条の典侍に」

「母親にも似てるな」

なおも身構えつつ、鬼の少女は前後をはさむ竜胆と瑠璃丸を交互ににらむ。

しかしそんな視線にひるむことなく、竜胆はじっと少女の顔を見つめた。

「ねぇ、あなたのお祖父(じい)さん、『信濃(しなの)の群鳥(むらとり)』でしょ?」

「……っ」

その名を出すなり、少女の体は明らかに強張り、動揺が表情にも表れた。

「あんたたち……何なの」

「においでわかるでしょ? あたしも鬼。角は生えなかったけど。そっちはあたしの兄。つまり、そっちも鬼」

「……」

少女が瑠璃丸を振り返る。瑠璃丸は無言で、前髪を掻き上げた。――額の両端に、丸い黒ずんだ傷痕。

「切っ……たの……？」

信じられない、といった様子で、少女がうめく。

「人の世で生きるために切った。……あんたはずっと、都にいたのか。信濃には行かなかったのか？」

「行っ……かない。ずっと、都……だけど、角、切るなんて、すごく痛い……わたしは、できなかっ……」

切ろうと試みたことはあったのか。少女はすっかり狼狽し、目を瞬かせていた。

「……その角は、いつから生えてる？　生まれつきか？」

少女は黙ってうなずく。

「角があったから、三条の家から出されたのか」

「……わたしは、憶えてない、けど……松町は、そう言ってた……」

「松町？」

「わたしの乳母。十になるまで、わたしを育ててくれて……死んじゃったけど……」

同じ鬼だとわかって警戒が緩んだのか、少女は意外なほど素直に、訊かれたことに答えていた。

「あなた、いま十五でしょ。乳母の人が亡くなったあとの五年、どうしてたの？」

「それは……」

少女の視線が、東の対に向く。もしかすると、そもそも隠しごとのできない質なのかもしれない。

「……五年は、盗賊やってたのか」

「違っ――」

少女は声を上げかけたが、東の対から大勢の人が出てくるのに気づき、はっと目を見開いた。

「昌古（まさふる）っ……」

誰かの名を口走ると同時に、少女が地を蹴る。

検非違使たちが縄をかけた盗賊を追い立てて、階を下りてきたそこに、少女は躊躇なく飛びこんでいった。

「おい、何だ――」

「待て……！」

飛びこんだ勢いのまま検非違使たちを蹴り倒し、盗賊の一人をそこから連れ出そうとして、少女は再び、竜胆に行く手を阻まれる。少女によって逃がされようとしていた男は、瑠璃丸が取り押さえた。

「馬鹿、おまえ、何で戻ってきた……！」

瑠璃丸に肩と背を押さえつけられながら、男が少女に向かって叫ぶ。竜胆に両腕を摑まれた少女は、いまにも泣き出しそうに顔をゆがめ、首を横に振った。

「危ねぇ。やっぱり直貫と竜胆に助っ人頼んどいて正解だった……」

是道が階を駆け下りてきて、瑠璃丸が押さえていた男の顔を上げさせる。

「そっちの女をかばって逃がしたのは、こいつか」

頰から顎にかけて、男の顔には鬚が生えていた。それも、癖のある巻き毛のような鬚。月明かりの下、顔に濃い影ができて人相はよくわからなかったが、さほど年が上のようには思えない。先ほど聞いたのも、まだ若い者の声だった。

これは――

「……看督長。たぶん、この男だ。俺が、このまえ宮中で見失った……」

「あ？　……おお、そういえば、鬚面だって言ってたな」

是道はうなずいて、男を縛った綱の端をしっかりと握り直す。

「よし、話はこれから、使庁に帰ってゆっくり聞く。――竜胆、その女、縛れるか」

「え、あたしが？　それは嫌。大丈夫、縄なんかかけなくても逃げないよ、この子」

腕はしっかり摑みながらも、竜胆は少女を自分の陰にかばう。

「それに、約束でしょ。手伝う代わりに、もし本当に鬼の女の子だったら、あたしが先に話を聞くって」

「……わかった、わかったよ。けど、絶対逃がすなよ。いいな？」

是道が片手を振って応じているところへ、検非違使庁の下部が走ってきた。

「看督長ぁ、厨の連中は全員捕まえました」

「よーし、御苦労。あとは寝殿だな。……って、何してんだ、ありゃ」

寝殿を振り返った是道が、呆れた声を上げる。出てきた検非違使たちは皆、足腰の立っていない様子だった。

「怪しが出たんだよ」

「何だって？」

「怪しの物。物の怪。最近はめっきり少なくなってたけど、ここ、たまに出るんだ。いつもはすぐに追い払うんだけど、今日はあえて放っておいた」

瑠璃丸の説明にも、是道は怪訝な顔で首を傾げる。

「あいつら、何を見たんだ？」

「さぁ、何だろうな。いろいろいるから」

「まだいるのか？」

「いない。ここの家人が祓ったみたいだ。ここはみんな、物の怪には慣れてるから」

「……まぁ、鬼の婿がいる家ならな……」

それで納得してしまったらしい是道に、瑠璃丸は小さく苦笑した。

捕らえられた盗賊は、夜のうちに検非違使庁へ移送された。しかし鬼の少女だけは桃殿に残され、竜胆と瑠璃丸が見張る中、家人たちが後片付けと掃除で忙しなく行き交う寝殿で朝を待った。
少女はおとなしく——というより力を落として、時折目に涙を浮かべ、誰かの名をつぶやいていた。

◆◆・・・・◆◆・・・・◆◆

翌朝早く、真珠は数人の女房と桔梗を連れ、寝殿に入った。

すでに寝殿は、前の晩に捕物があったとは思えないほど普段どおりに片付けられ、門前に怪しい者たちが集まりつつあるとの報告後すぐ北の対に避難した琴宮たちも、戻ってきていた。

昨夜、父の信俊はちょうど宮中での宿直(とのい)で不在だった。祖父の仲俊は女の家に行きっぱなしであるし、弟の高俊は日暮れまでは家にいたものの、盗賊が集まるより先に三条の典侍のもとへ出かけていたため、難を逃れていた。——もっともこれは、家にいても捕物の邪魔になると思われたので、乳兄弟も東の対の女房たちも、あえて引き止めはせず、高俊が出ていってから粛々と盗賊に備えた結果なのだが。

「さぁ、殿や高俊が帰る前に、話をすませましょうか」

念のため西の対の西廂の隅を几帳や衝立で囲い、その中に鬼の少女を座らせて、さらに少女の周りに琴宮、真珠、瑠璃丸、桔梗、竜胆が順に腰を下ろす。

「お父様はまだお戻りにはならないでしょうけど、高俊は？　とっくに帰ってもいいころではないの？」

「それがね、最近は三条の典侍が仕事をしているあいだも、三条の典侍の曹司に入り浸って、なかなか帰らないのですって……」

琴宮は心底呆れたといったふうに、嘆息する。

「まぁ、今日は高俊のことはいいわ。――こちらの話が先」

「ええ」

うなずいて、真珠はじっとうつむいている少女に視線を向けた。

「あなた、名前は？　何て呼ばれているの？」

少女はちらりと目を上げ、千鳥、と小声で答える。

「そう、千鳥というの。……わたくしは、この桃殿の大君です。こちらはわたくしの母。そして昨晩あなたを捕まえた、こちらがわたくしの夫で、そちらが夫の妹。それから、そちらは夫の姉よ」

「……夫……？」

千鳥と名乗った少女は、ぽかんと口を開けた。

「ええ。わたくしは、鬼ではないけれど」

「……鬼と人って、夫婦になれるの？」

「あなたのおじい様だって、おばあ様と一時は夫婦だったのではないかしら？」

真珠の言葉に、千鳥は眉根を寄せ、口を尖らせる。

「よくわからない。わたし、松町から聞いたことしか知らないから……」

髪は少々日に焼けたような色をしているが、顔立ちの整った、美しい少女だった。

それゆえに、額に突き出た白い角が異様さを際立たせている。

「信濃の群鳥は、あなたのおばあさんが都に帰ってしまったあとは、一度も会ってないって言ってたって。孫も生まれてるって、知らなかったって」

竜胆が言うと、千鳥の表情がわずかにやわらいだ。

「……わたしのおじいさん、生きてるの？」

「生きてるよ。鬼は長生きだし。いまも信濃にいるよ。会ってみたい？　あたしの親兄弟が近江で暮らしてて、もう一人の兄に、信濃に行ってあなたのおじいさんを捜してもらったんだよ。それで群鳥っていう鬼だってわかったんだけど」

「会えるなら、会ってみたい……」

「群鳥も会いたいって言ってたらしいんだけど、いまはちょっと、信濃を離れられないんだって。他の鬼と縄張り争いしてて、自分の山を出たら、住まいを取られちゃうからって。でも、あなたのほうから会いにいけば――」

「竜胆」

瑠璃丸が、妹の話をさえぎる。

「それは駄目だ。ここで話を聞けてるのさえ、看督長が特別に計らってくれてるからであって、本来なら他の盗賊と同じように取り調べて、獄に入れなきゃならない」

「でも、信濃ぐらい、すぐ行って帰ってこられるでしょ？　一度近江に寄って、赤銅（あかがね）兄ちゃんに案内してもらって。半日もかからないよ」

「駄目だ。群鳥が孫を信濃に留め置くと言い張ったらどうする」

「えーっ……」

「――あの」

千鳥はまた緊張した面持ちで、竜胆と瑠璃丸を交互に見た。

「祖父には会いたいけど……わたし、信濃には行けません。昌古が心配だし……」

その名を口にするなり、千鳥の目に涙が浮かぶ。

真珠はできるだけやさしい声で、千鳥に問いかけた。

「あなたが心配するその人は、あなたとどういう関わりがあるの？」

「……ずっと、一緒にいてくれたの」

それから千鳥はぽつぽつと、身の上を話し始めた。

角の生えた赤子の処遇に困った三条の家では、主である兵部大輔の提案で、一度は山に捨ててこようと決まったが、乳母の松町が、それなら自分が育てると、幾らかの金をもらい、千鳥を引き取ったのだという。松町は千鳥が生まれる直前に乳母として三条の家に雇われたが、それより少し前、生まれて間もない我が子を急な病で亡くしており、そんなときに自分が乳を与えた赤子を山へ捨てることなど、できなかったのだそうだ。

松町は千鳥を連れ、東市にほど近い小家でひっそりと千鳥を育てていたが、三条の家から渡された金だけで生活していくには心許なく、千鳥が五歳になったころ、近所の清原某なる貴族の家に下働きに出た。その清原家の子の一人が、昌古だった。

当時十五歳。長子で、すでに元服もすませていたが、昌古は清原家の子供の中で、どういうわけかただ一人、両親のどちらとも似ておらず、それが理由で親と弟妹たちから疎まれていた。

「……昌古だけだったの。清原の家で、髪が瓜の蔓みたいにもじゃもじゃ巻いてて、顔が四角くって……。昌古の両親も、弟も妹も、顔は丸いし、髪も巻いてなくって、たしかに昌古だけあんまり似てなかったから、すごく嫌われていたの」

実の親から、おまえは生まれたときに鬼がこっそり私たちの子と取り換えて置いていったに違いない、おまえは鬼の子だと言われ、嫡子でありながらそれらしい扱いをまったく受けていなかった昌古を、松町は自分の小家に連れていった。

「……昌古は、わたしを本当の妹みたいに、とっても可愛がってくれたの。おまえはおれの仲間だ、って……」

角が目立つためなかなか家から出られずにいた千鳥を、昌古は笠や衣でうまく額を隠しながら、外に連れ出してくれたという。

やがて千鳥が十歳になると、松町が突然倒れ、ほどなく亡くなってしまった。そのころには昌古も清原の家を追い出され、他所の貴族の家で雑用をしたり、荷運びの仕事をしたりと、その日暮らしのようなことをしていたが、松町を失った千鳥を案じ、一緒に住むようになった。

外では働けない千鳥は、家で子供の玩具や布の袋などの小物を作り、昌古がそれを売り歩き――そうして二人助け合って、細々と生活を続けていた。

そんなある日、二人が暮らす小家の隣りに、兼雄（かねお）という三十過ぎの男が移り住んできた。兼雄は人懐こく何かと親切で、昌古の商売の手助けなどもしてくれ、そのうえ千鳥がうっかり角を見せてしまったときも何も言わず、何も変わらず付き合いを続けてくれた。一年経つころには昌古も千鳥もすっかり兼雄を信用し、頼りにするようになっていたのだが。

「去年の秋、兼雄が急に言い出したの。もう充分親切にしてやっただろう、おまえたち、今度はおれの仕事を手伝え、って……」

「……それが盗賊か」

瑠璃丸がつぶやくと、千鳥は弱々しくうなずいた。

「別人みたいで、怖かった。あんなにやさしかったのに……。昌古が盗みなんて嫌だって断ったら、死んじゃいそうなくらい殴られて……。わたしのことも、角を切って顔をめちゃめちゃにしたって、女なら売れるって言って」

「……ひどい」

うめいた竜胆の背を、桔梗がなだめるようにさする。しかし話を聞く誰の表情も、険しかった。

「兼雄は、たぶん鬼がどういうものか、知ってたんだと思う。わたしは自分がそんなに身軽だなんて、ずっと家にいてわからなかったのに、兼雄は、おまえは絶対身軽ですばしっこいはずだ、って……」

兼雄に命じられるまま、昌古と千鳥は家々に盗みに入らされた。それでも初めは、米や布などを少しずつですんでいたのだ。

ところが今年に入って、兼雄は他の盗賊と一緒に「仕事」をするよう命じてきた。

その一味は兼雄が兄と呼ぶ男を頭領とし、人を斬ることもためらわない、荒っぽい集団だった。

何度かその一味と「仕事」をしたあと、兼雄は昌古に、次に盗みに入る家をおまえが決めろと言ってきたのだという。それも、一味の人数が増えてきたから、大きな家にしろと。

同じころ、千鳥の姉が典侍として宮中に出仕しているという話が、昌古の耳に入った。そして、その美貌から求婚者が殺到しているらしいということも。

「……昌古、言ったの。おれはずっと、千鳥を捨てた家を憎んでいる、って……」

片や大納言の姫君から華やかな宮中の典侍。片や貧しい庶民から盗賊。

姉妹の人生を分けたのは、ただ角の有無だけ。

三条の家が千鳥を捨てさえしなければ、こんなことにはならなかった。

こちらはすっかり盗賊に堕ちた身だ。どうせ盗みに入るなら、三条の家に仕返ししてやりたい——

「……それなら何故、真っ先に三条の家を狙わなかった？」

瑠璃丸の疑問は当然のものだった。三条の典侍の求婚者の家を狙うのは、あまりにまわりくどい。

「ただ盗みに入っても、困るのはそのときだけだから、って」

「昌古が、そう言ったのか」

「言ったわ。三条の家の者に関わると悪いことが起きるって、世間にそう思わせないと意味がないって」

やはり、この件の根底にあったのは恨みだったのだ。だが昌古が恨んだのは、自分を捨てた家ではなく、千鳥を捨てた家。

「まずはおまえの姉の求婚者たち、次は三条大納言と親しい家……三条の家は最後でいい、って」

「……そうか」

しかしそれは、昌古の千鳥への気遣いだったかもしれない。恨んではいても、千鳥の実親の家だ。

「あんたも恨んでたのか？　三条の家を」

「わたし？　わたしは……」

千鳥は言いよどみ、考えこんでしまう。

即答できないということは、千鳥のほうはそこまで強い恨みを持っていないのだろう。まだ乳飲み子のうちに捨てられたなら、三条の家のことは、どこか遠い話だったのかもしれない。

「……わたし、恨むなら清原の家のほうだな。昌古は跡取りで、ちゃんと勉強もしてたのに、かわいそう。清原の家にいたら、いまごろ……」

　千鳥の頬を涙がつたう。

　瑠璃丸が、深く息を吐いた。もらい泣きをしたのか竜胆は目を赤くし、桔梗は顔を強張らせている。琴宮は微かに眉間を皺め、目を伏せていた。

　千鳥の涙が落ち着いたのを見計らって、真珠はあえて声を少し明るくして訊いた。

「そういえば——あなたたち、昨夜西の対と北の対には入らなかったのね。わたくし西の対にいたから、どうなるかと思って心配していたのよ」

「ああ、それは……」

　洟（はな）をすすり、千鳥が顔を上げる。

「狙うのは寝殿と東の対と、あと米のありそうなところだけって、決めてたから」

「逃げやすいように？」

「それもあるけど、十五人で全部は入れないし、昌古が、わたしの姉に求婚してる人がどこで暮らしてるか、事前に確かめてたから。本当は東の対だけにしたかったんだけど、頭領が、一番たくさんお宝があるのは寝殿だから、寝殿には絶対入るって」

「頭領は、よく知っているのね。唐物なども持っていくと聞いたわ」

「あの頭領、どこかの郡司と組んでるの。その郡司が唐物を遠くで売りさばいてお金を貯めて、都に出て官位を買うんだって。そうしたら頭領と兼雄は、代わりに郡司になるんだって。わたしたちには米や麦がちょっとくらいしかないの。だから盗んだものの分け前なんて、わたしたちのほかにも何人もいるけど、頭領と兼雄と、あと三人が刀を持ってて腕が立つから、殺されるのが怖くて」

「……そういうことか」

腕を組み、瑠璃丸が低くつぶやいた。

「どうりで盗まれたものが見つからないはずだ。……けど、それならいまごろ、もう検非違使がその郡司のところへ向かってるだろうな」

「昌古は？」

千鳥が瑠璃丸のほうへ、身を乗り出す。

「ねぇ、昌古はどうなるの？　昌古は誰も傷つけてないし、火もつけてない。盗んだものは、働いて、できるだけ返すから……」

「落ち着け。俺は検非違使じゃないし、どうなるかは法で決められる。それに――」

言うか言うまいか迷ったような素振りを見せ、瑠璃丸はさらに声を低くした。

「……昌古より、自分の心配をしたほうがいい。あんたも一味なんだ。受ける罰は、昌古と変わらないぞ」

「わたしはどうだっていいの。そうだ、検非違使に言ってよ。全部わたしのせいだって。わたしを守るために、昌古は仕方なく……」

「千鳥――」

微苦笑を浮かべ、真珠は首を振る。

「いまごろきっと、昌古も同じことを検非違使に訴えていると思うわ。すべて自分のせいで、千鳥は何もしていないって……」

「そうでしょうね。あなたたち、よく似ているもの」

琴宮も笑ってうなずいた。千鳥はまだ泣きそうな顔で、うろたえている。

「……ひとまず、検非違使庁から使いが来るまで、ここにいてくれ。看督長から、鬼を捕らえておくのは人には難しいだろうから、同じ鬼が見張っててくれと頼まれてる」

「昌古のところへ連れていってくれないの？」

「検非違使庁へ行ったところで、会えないぞ。取り調べは別々にやるから」

「そんな……。お願い、逃げたりしないから、昌古に……」

「——失礼いたします」

瑠璃丸と千鳥が押し問答しているところへ、几帳の裏から周防が声をかけてきた。

「いま、東の対の若君がお帰りになりました。殿も御一緒です。お二人とも、宮中で昨夜のことを聞いて、急いでお帰りになったようでして……」

「あら、もう耳に入ってしまったの」

琴宮が残念そうな表情で腰を上げる。

「仕方ないわね。戻るわ」

「お母様、わたくしも行きます。桔梗、竜胆、悪いけど、ここで少しのあいだ千鳥と待っていて。——誰かいる？　白湯と、軽く食べられるものをここに。千鳥、あなたいまのうちに何かお腹(なか)に入れておくといいわ」

「真珠、俺はこれから検非違使庁に行って、様子を見てくる」

「わかったわ。いってらっしゃい」

瑠璃丸が西の対から出ていき、真珠も琴宮について、寝殿へ向かう。父と弟、二人いっぺんに相手をするとなれば、厄介だ。

真珠が琴宮と寝殿に入ると、奥から誰かの言い争う声が聞こえてきた。——あれは父と弟だ。

「ですから、私は別に、女一の宮をめとりたくないなどとは思っていませんし……」

「あれほど言い含めたのに、こんなに日が高くなるまで宮中に入り浸るとは——」

どうやら盗賊の件ではなく、三条の典侍のことで揉めているらしい。真珠と琴宮は顔を見合わせ、大きくため息をつく。

「殿も相変わらずだけれど、高俊も懲りないわねぇ」

「高俊、三条の典侍が鬼だと知ったら、どうするかしら」

「高俊に教えるの？」

「教えるつもりはないわ。……お母様も、そのほうがいいと思うでしょう？」

「……そうね」

三条の典侍自身は、祖父が鬼だとか、角の生えた妹がいるとか、知らないかもしれない。そんな己の出自に関わることを、新しい恋人から聞かされたくはないだろう。

……でも、もし三条の典侍が高俊の子を生んだら……。

そしてその子に、角が生えていたら。

千鳥のことを考えると、ありえない話ではない。そのとき、三条の典侍はどうするだろうか。

「さて、あれを止めないと。——あらあら、ずいぶんにぎやかですこと……」

真珠をうながしつつ、琴宮が先に奥へ入り、口論する親子に皮肉っぽく声をかけると、信俊が琴宮の姿を見て、さらに目をつり上げる。

「どこへ行っていたんだ。盗賊に入られたというから、早く帰ったというのに……」

「ええ。盗賊には入られましたけど、何も盗まれておりませんし、賊は皆、検非違使が捕らえてくれました」

「――そうです。それもこれも高俊のおかげですわ、お父様」

真珠が母の言葉にそう付け足すと、父と弟はそろって怪訝な顔をした。

「何だ、それは。高俊が何かしたのか」

「三条の典侍に求婚して、盗賊をおびき出してくれました」

「……どういうことだ？」

信俊は首を傾げたが、高俊も口をぽっかり開けている。

「今回の盗賊の中に、三条の典侍の実家と、少々いさかいがあった者がいたらしいのです。それで盗みのついでに三条の典侍に嫌がらせしようと、典侍に熱心に求婚する公達の家を、あえて狙っていたのですって」

父と弟が話を理解できているのかいないのか、そこはお構いなしに、真珠はすらすらと説明を続けた。

「検非違使は、この賊をなかなか捕らえられず困っておりましたが、どういった家が狙われたのかがわかってきましたので、ならば誰かが三条の典侍に求婚すれば、賊をおびき出せるはずだと……。高俊がその役目を担ってくれたおかげで、ここで盗賊を待ち伏せできたのですわ」

真珠が扇を広げてにっこり笑うと、信俊は天井を仰ぎ、しばらく考えこむ。

「……つまり……高俊は、盗賊を捕らえるために、典侍のもとへ通っていた……？」

「ええ、そのとおりですわ。――ねぇ、高俊？」

振り返ると、高俊はきょとんとしていた。いまだ話が飲みこめていないようだ。

「これは内密のことでしたので、わたくしも何日か前に、夫を通じて検非違使から、桃殿での盗賊捕縛に協力してほしいと頼まれるまで、まったく知りませんでしたの。てっきり高俊は、あきらめが悪くて三条の典侍に求婚しているのだとばかり、思っておりましたわ」

「それは私もよ。女一の宮の降嫁があるのだからと、あれほど殿や大殿に叱られていながら、高俊はまだ宮中通いをしているのかと心配していたら、まさか盗賊をおびき出すためだったなんてねぇ……」

高俊はまだ何も把握できていない様子だったが、琴宮が代わりに話を合わせる。

「何だ、検非違使に協力していたのか……。いや、しかしな、それにしても、宮中であれほど目立つようなことは」

「お父様、わざと目立っておかなければ、盗賊をおびき出せません」

「そうですよ、殿。――大丈夫ですわ。万が一、これが女一の宮の耳に入っていたとしても、実は盗賊を捕らえるために、検非違使に頼まれてやっていただけのこと、と言えば、あちらの機嫌を損ねることもないでしょう？」

「お……おお、そうか、そうか……」

細かいことはどうでもよく、無事に息子のもとへ皇女が降嫁されるかどうかだけを気にしている信俊は、これですっかり満足したようで、ころりと笑顔になった。

そんな父を不気味な目で見ている高俊に近づき、真珠はそっと扇の陰でささやく。

「――別れろとまでは言わないから、三条の典侍のところへ通うのは、しばらく控えなさい。わたくしたちがごまかせるのは、ここまでよ」

「あ、姉上……」

「今回の件は、東の対の女房たちが協力してくれたわ。詳しい事情が知りたければ、そちらで聞いて。……これ以上お父様に叱られたくなければ、早く戻りなさい」

「……」

目を白黒させながらも、高俊は何か挨拶めいたことを口の中でつぶやき、父と母に一礼すると、あたふたと東の対のほうへ走っていった。……本当に、これ以上叱られたくなかったらしい。

真珠はそんな弟の後ろ姿に、もしかすると、こちらが足止めするまでもなく、そう遠くないうちに、高俊は三条の典侍に再び振られるかもしれない――と思えてならなかった。

瑠璃丸は昼を過ぎてから、看督長の笠是道を伴って桃殿西の対に戻ってきた。

そのときちょうど、盗賊騒ぎで桃殿がどうなっているのか気になったと言いつつ、なかなか帰らない桔梗を心配していた公貫が様子を見にきていたところだったため、西の対の庭に面した南廂に瑠璃丸、公貫、是道が集まり、御簾を隔てた内に真珠と桔梗が座る。

ひとまず南廂の三人に白湯と胡桃、千棗（ほしなつめ）、できたての糫餅（まがりもちい）などを出し、ひと息ついてから、桔梗が瑠璃丸に言った。

「実は――千鳥、寝ちゃったのよ。竜胆も一緒に」

「いつから？」

「ついさっき。昨夜は一睡もしてないし、特に千鳥のほうは泣き疲れたみたいで」

「……っていうことらしいけど、どうする？　看督長」

瑠璃丸が白湯の椀を片手に、是道を振り返る。

「おとなしくしてるんなら、それでいい。むしろ、しばらくここで預かっててもらいたいぐらいだ」

胡桃を噛みながら是道が、こちらも疲れた表情でぼやいた。

真珠が明るいうちに是道の姿を見るのは、初めてだった。以前、一本角の鬼が桃殿へ押し入ってきたとき、弓矢で瑠璃丸を援護してくれたのが是道だったが、そのときは夜間のことでもあり、あまりよく顔を見なかった。「仏の是道」と呼ばれているというが、額の黒子以外、仏らしさを見出せる風貌ではない。

「預かるって……取り調べは？」

「直貫が聞いてくれちまったから、おかげでそれですみそうなんだよなぁ。あの賊、大半がおどされて一味に加わってた連中ばっかりらしくて、素直に吐くんだよ」

「結局、盗賊は何人いたんだ？」

公貫が、千棗を口に運ぼうとしていた手を止めて尋ねた。

「今回は十五人です。そのうち三人は、前回が初めての盗みだったようで」

「藤蔵人邸のときからか。藤蔵人を殺めたのが誰なのかは、わかったのか？」

「頭領の美努房雄（みののふさお）です。そもそも武具を持って侵入したのは、十五人のうち五人だけでして。言ってみりゃ、初めっからの盗っ人、真の悪人はこの五人で、あとは人質を取られたり、騙されて弱みを握られたりして、渋々加担してた連中ですよ」

是道が白湯をひと口飲んで、目をこする。休んでいないのは検非違使も同じだ。

「……ですから五人以外は、おとなしいもんです。中には、やっと捕まえてもらえたって、泣いてるやつまでいる始末で」

「そういう場合、どう裁かれる？」

瑠璃丸が少し声を落として訊いた。

是道は一瞬、真珠たちの存在を気にするように御簾のほうへ目を向けたが、すぐに椀を床に置いて、低い声で答える。

「――もちろん、裁きは定められたとおりだ。強盗は何も盗まなくたって二年の徒刑（ずけい）だが、今回は大量に盗まれてるからな」

「たしか、盗まれたものの価値によって、罪の重さが変わるんだよな」

「知ってたか。盗品の価値を銭と布に換算して、刑を決める」

真珠にとっては初めて聞く話で、何となく桔梗と顔を見合わせていた。

「盗品の価値が上がれば上がるほど、刑は重くなり――より多く盗んでた場合と人を傷つけた場合は絞刑、殺めてれば斬刑だ」

「……なら、頭領の男は」

「もう刑は決まったも同じだ。少なくとも武具を持ってた五人な。ただし――」

是道は皿から胡桃を摘まんで、それをじっと見つめながらつぶやく。

「……十二月まで生きてられたら、だろうがな」

「え?」

「直貫、着鈦政(ちゃくだのまつりごと)は見たことあるか」

着鈦政は、捕らえられた囚人が市に引き出され、囚人の名簿や判決文書が検非違使の上官らに回覧され、首に枷(かせ)を着けて獄舎に送る儀式だと、聞いたことがある。毎年五月と十二月に日を選んで行われ、その日は貴族から庶民まで、大勢の見物人が集まるとも。もちろん真珠は見たことはないが。

「たしか二度、見にいったことがある。そうだ、看督長が二人出てきたけど、あれはあんただったのかな。何しろ人が多くて、遠目にしか見えなかった。……そういえば着鈦もあったけど、逆に刑を終えて釈放されてた囚人もいたな。鈦(かなぎ)を外されて、烏帽子を受け取って、その場で解放されて……」

「最近のなら、おれだったかもな。先月もやったばかりだ。五月のが終わったあとに捕まったやつの着鈦は十二月になるが、獄に入れられたままなのは変わりない。儀式の前から、もう刑は始まってるようなもんだ。検非違使は、囚人の面倒なんざ見ないからな。腹が減っても、誰も食い物を届けてくれなきゃ、減りっぱなしだ」

「えっ――」

桔梗が思わず声を上げる。

「じゃ、身寄りのない罪人は、飢え死にするじゃない……」

「実際はいよいよ危なくなったら、死ぬ前に外に出されるが、まぁ、出られたところで、何か食えるとは限らんからな」

是道はぼそぼそと答え、胡桃をようやく口に入れた。

まさか、獄がそのように過酷なところだったとは。しかし、それでは――

「……千鳥と昌古が二人とも捕まってしまったら、誰も世話をする人がいないわ」

真珠がもらした言葉に、桔梗もはっと息をのむ。

「そう……そうよ。どっちも実家から捨てられてるんだし……」

「せめてどちらかが捕まっていなければ……」

するとと御簾の向こうで、公貫が急に、喉を鳴らして笑い始めた。

「おじ様？」

「いや。……やはりそうかと思ってね。その千鳥という娘を連行しなかったのは、笠是道、おまえ、そもそも逃がしてやるつもりだったんだろう」

「え……」

真珠と瑠璃丸、桔梗の視線が、いっせいに是道に集まる。

是道の胡桃を噛む音が止まった。

「……さぁ、何のことだか」

「噂には聞いているよ。笠是道が管理している東の獄では、ときどき着鈦の前に脱獄する者がいるとか、世話する身内もないはずなのに、さほど衰弱せず刑を終える者がいるとか……。そういった者は大概、罪人ながら同情すべき事情があるそうだが」

「囚人が多いと、お恥ずかしい話ながら、どうしても目が行き届きませんでね。不真面目な連中に任せてると、うっかり逃げられちまうことがあるんですよ」

是道はとぼけた表情で、また胡桃を口に入れる。公貫は再び低く笑い、白湯の椀を手に取った。

「それで？　千鳥とやらをここで預かったとして、うっかり逃がしてしまったら？」

「そのときは、まぁ、機会があればまた捕まえますがね。ただ、そこらの罪人を獄に入れとくだけでも面倒だってのに、囚人が実は三条大納言の娘、ってなりますとねぇ。検非違使の下っ端には、荷が重い話ですよ」

いかにも困り顔をしながら、つまりこの看督長は、本心では千鳥を捕縛する気がないのだ。見ると、瑠璃丸も苦笑している。

「……じゃあ、今回こんなに大勢を一度に捕まえて、獄の管理がますます大変になるんじゃないか？」

「あー、大変だ、大変。ただでさえ上の連中は、忙しい忙しいってあてにならんし、盗っ人はあちこちで毎日のようにわいてくるし、面倒でかなわん。嫌々盗賊やってたようなやつなんざ、捕まえなきゃよかったと思うぐらいだ」

わざとらしくぼやく是道に、真珠と桔梗は広げた扇の陰でささやき合った。

「……この看督長って、面白い人ね」

「これ、絶対逃がすつもりだわ。たぶん、特に悪い五人以外、みんな……」

昌古も、近いうちに千鳥のもとへ帰ってこられそうだ。

「千鳥に――新しく社でも作ってあげようかしら」

真珠がつぶやくと、瑠璃丸が御簾のほうへ身を傾けてきた。

「まさか、引き取るつもりか？」

「いけない？」

「いけなくはないけど、角が生えてるぞ。桃殿大納言や東の対の弟に見つかったら、どうするんだ？」

「あら、そうね。うるさそう。……そういえば、千鳥は三条の典侍によく似ているのだったわね」

高俊に姿を見られたら、特に大騒ぎになりそうだ。何せ恋人そっくりの鬼である。

「――いかん、雲が出てきたな。ひと雨きそうだ」

是道が庭のほうに身を乗り出し、空を見上げた。たしかにあたりが少し陰ってきている。

「おれはもう帰って寝るから、直貫、あの女の鬼の見張りは引き続き頼むぞ」

「また昌古に会わせろって泣いたら？」

「……今夜、清原昌古を含めた九人を獄に移す役目は、使庁の中でも抜きん出てやる気のないやつらに任せてきた、って言っとけ。――この菓子、うちの子供らに食わせてやりたいんだが」

「ここの、みんな持ってっていいよ」

「悪いな。馳走になる」

残った糫餅を大事そうに懐紙に包み、是道は丁寧に頭を下げて帰途についた。

その後ろ姿を見送って、公貫が真珠を振り向く。

「千鳥とやらの面倒を見ると、昌古という仲間もついてくるのか」

「仲間というより、恋人なんだと思うわ。一緒に引き取ってもいいのだけれど」

もとは貴族の家の嫡子だったというのだから、出自は確かである。

「そのうち桃殿の家人が、鬼だらけになりそうだな。それはそれで頼もしいが」

そう言って笑い、公貫は白湯の椀を置いた。

「さて、そろそろ桔梗を返してもらっていいかな」

「ええ。心配させてしまってごめんなさい。でも竜胆は、もう少しこちらに貸して。千鳥が気を許しているようだから」

「それは構わないよ。——桔梗、おいで。帰ろう」

公貫が御簾を持ち上げて、手を差し伸べる。桔梗は少し面映ゆそうに、またね、と真珠に告げて、公貫の手を取った。

公貫と桔梗が去ってから、瑠璃丸は御簾をくぐり、中に入ってくる。

「……千鳥の恋人は、ちゃんとここへ来るかしら？」

「さっき俺も会ってきたけど、桃殿の西の対で預かってるって言ってあるから、わかってると思うけどな。俺の名前も教えたし」

真珠の横に腰を下ろし、瑠璃丸は息をついた。

「瑠璃丸も疲れたわよね。少し休む？」

「そうだな。夜に昌古が来たら、ここへ入れてやらなきゃならないし……」

あくびをしながら言う瑠璃丸に、真珠は小さく笑って、自分の膝を軽く叩く。

「どうぞ。ちょっとでも眠れば、すっきりするわよ」

「……うん」

瑠璃丸はゆっくりと横になり、真珠の膝に頭を乗せて目を閉じた。さっきまでしっかりしていたが、実は眠かったのだろう。昨夜はずっと気を張っていたはずだ。

真珠は早速寝息を立てている瑠璃丸の前髪を、そっと撫(な)でた。髪の隙間から、丸く黒ずんだ傷痕が覗く。

角。……目に見える、鬼のしるし。

千鳥と、三条の典侍の人生を分けたもの。桔梗や竜胆の暮らす場所を変えたもの。

これから自分が産む子にも、生えてくるかもしれないもの――

「……」

真珠は御簾越しに、庭に目を向けた。

いまは青々と葉を茂らせた、桃の木が立ち並ぶ。魔除けの桃。……そう、この家はずっと、魔を寄せつけないように、こうして守りを固めてきた。魔を、怪しの物を、恐れて。異な存在を、排そうとして。

そういう家を作り上げたのは祖父と父で、跡を継ぐ弟も、それと知らず鬼を恋人にしているものの、やはり異なものは認めないという立場でいる。

ここは瑠璃丸にとって、居心地のいい場所ではないかもしれない。毎日訪ねてきてはくれるけれど――

ざわりと風が吹き、御簾が揺れた。瑠璃丸が、ふっと目を開ける。

「……あら。まだ幾らも寝ていないわ？」

「ん。……膝、重いだろ……」

「平気よ。平気なのに……」

すぐ頭を上げてしまった瑠璃丸に、真珠はちょっとすねてみせた。瑠璃丸は微かに笑って、身を起こす。真珠は引き止めるように、瑠璃丸の袖を引いた。

「……ん？」

「ねぇ、わたくし、この家から出たことがないのよ」

「うん」

「だから、おじ様の家にも行ったことがないの。……おじ様の家は、どんな家？」

「んー……？」

またひとつあくびをして、瑠璃丸は首を傾げる。

「どんなって……普通だけど。寝殿があって、対の屋は……ああ、あっちは東と北がなくて、西の対だけなんだ。西の対は使ってないけど……」

「使っていないの……そう……」

つぶやいて、真珠は瑠璃丸の顔を覗きこんだ。

「……ん？　どうした？」

「瑠璃丸、あのね、わたくし――ここを出ようと思うの」


目の前を櫛箱（くしばこ）や冊子箱、脇息などを抱えた女房たちが、ひっきりなしに行き交っている。中には何枚か重ねた円座を、引きずりながら運んでいる者もいた。

「笹葉、これどこに置けばいいの……」

「あっちの西の対と同じ場所でいいんですよ。ここも西の対なんですし」

「ねぇ、ここに置いておいたあたしの硯箱、誰か動かしたぁ？」

「猫たちはいつこっちに移すの？　まだ向こうにつないだままなんだけど……」

「ちょっとー、局の場所変えたいって、誰か言ってなかったー？　どこがいいのー？」

　何か手伝ったほうがいいのではないかと思いながら、どうせ動けば、姫様は座っていてください、と止められるのはわかっているので、真珠はおとなしく、邪魔にならないように廂の隅でじっとしている。

　すると、明らかに並の女では一人で運べない厨子棚を軽々と持ち上げ、すたすたと歩いていく女房の姿が目に入った。

「千鳥――それは、そこに置いてくれるかしら」

「あ、こっちなんですか？　すみません」

　普段は慣れない長袴に足をとられて、しばしば転んでいる千鳥だが、今日は動きやすいようにと切袴を穿いているため、軽快に歩きまわっている。

「力持ちねぇ、千鳥は」

「これくらいなら、全然。あ、これと対になるもうひとつは、いま竜胆が持ってきますから。置き場所は同じところでいいです？」

「ええ。ありがとう」

千鳥は笑顔でうなずくと、元気に階を下りていく。外からの日差しを受けて、額の白い角が一瞬、きらりと光った。

八月の末——真珠は自分に仕える桃殿西の対の女房、女童たちとともに、公貫邸の西の対に住まいを移した。

桃殿を出て瑠璃丸と一緒に暮らしたいので、対の屋に住ませてほしいと公貫に頼んだとき、いつかそう言いだす日が来るだろうと思っていたと、笑って返された。

公貫の承諾を得て、真珠はすぐに両親に伯父の家へ移る旨を伝えたが、父は初め、娘は生家に住み婿を通わせるものだと、反対した。そんなことを言いつつ、つまりはいつか瑠璃丸を追い出して、娘に別の婿をあてがうつもりだという魂胆は見え見えだったので、真珠は盗賊騒ぎのあった夜、寝殿に怪しの物が出たことを告げ、父に釘を刺した。

近ごろ物の怪の出没が減ったのは、瑠璃丸が毎日通うようになったからだ。しかしそれでも、自分はいまだ魔の姫に狙われ続けている身であり、数は減っても物の怪は今後も現れるに違いない。これから女一の宮を迎えるというのに、このままでいいと思っているのか。自分が隣家に移れば、少なくとも魔の姫がこの家を狙うことはないだろうに――

実際には魔の姫は、瑠璃丸によって、とうに滅せられている。ときどき現れる怪しの物は、腕のいい陰陽師に頼んで封じれば、二度と出なくなるだろう。

だが、父が瑠璃丸のことを認めない限り、それを伝えるつもりはなかった。

女一の宮の話を出され、父は慌てた。せっかくまとめた降嫁が、またしても危うくなってしまう。それだけは避けたかったのだろう。娘婿と皇女降嫁を秤にかけ、父は不承不承、真珠の転居を認めた。

母のほうには反対する理由などもちろんなく、すぐ隣りなのだからときどき遊びにいらっしゃい、私が遊びにいってもいいわ、と楽しげだった。母も滅多に外に出られない人なのだ。

そんなわけで、暑い時季が過ぎるのを待って、真珠は桃殿から、通りを一本はさんだだけの公貫邸に移ってきた。場所はほとんど変わらない、暮らすのも同じ西の対、広さもさほど違いはないということで、女房たちも、あまり引っ越した気がしない、下屋が近くなって助かる、などと笑っている。

「――あ、真珠」

振り向くと、桔梗が妻戸を開けて顔を出していた。

「ねぇ、本当にこっちでよかったの？　寝殿のが広いのに……」

「寝殿はおじ様と桔梗の住まいじゃないの。それに、これから人が増えるのだし」

「そうだけど……」

桔梗は少し視線をさまよわせ、腹のあたりを気にする素振りをする。

つい何日か前、桔梗の懐妊がわかったのだ。公貫はいまからもう、産屋の支度だの乳母探しだのと、慌てているという。

「それより、まだ気分がすぐれないのでしょう？　こっちは落ち着かないから、向こうで休んでいて。片付いたあとで、わたくしから挨拶にいくわ」

「じゃあ……手が足りなかったら言ってね。寝殿の女房が手伝うから……」

桔梗は手を振って、寝殿に戻っていく。

入れ違いに瑠璃丸が、渡殿を通って西の対の廂に現れた。

「——だいぶ荷物が移ってきたな」

まだ乱雑に置かれた几帳を避けて、瑠璃丸は真珠の横に膝をつく。

「近いから、あまり時間がかからなくていいわね。竜胆と千鳥が特に頑張ってくれているわ」

「ああ……重いものも持てるからな」

瑠璃丸の視線の先を追うと、千鳥と小袖姿の竜胆が、一緒に衝立を運んでいるところだった。

「千鳥、もう頭は隠してないんだな」

「ずっと衣を被ってすごしていたもの。鬱陶しかったと思うわ」

盗賊の捕物の最中に「逃げた」ことになった千鳥は、女房として真珠に仕えることになった。竜胆のような外仕事では、角が目立ってしまうからである。

鬼に慣れた桃殿西の対の女房たちは、千鳥の角に驚くこともなかったが、他の対の屋の女房や文使いなどに見られたら厄介なので、普段からできるだけ奥にいて、頭に衣を被るように努めていた。ずいぶん辛抱していたはずだ。

「ところで、昌古は？　やっと気兼ねなく千鳥と逢えるようになって、喜んでいるのではないの？」

「ああ、それ――」

瑠璃丸が苦笑して、首の後ろを掻く。

昌古ら、強盗に加担させられていた者たちは、是道の温情で、獄に入れられる前に逃がされた。そのうち何人かは放免として検非違使庁で働くことになったが、昌古は千鳥の側にいられるようにと、公貫邸の家人になった。いまでは瑠璃丸の従者として真面目に働いている。

「喜んでることは、喜んでるんだけど」

「どうかしたの？」

「それが……」

「——あっ、昌古！」

見ると、衝立を下ろした千鳥が、庭先を通りかかった昌古を呼び止めていた。

「ちょっと、どうして昨夜来なかったの。わたし、待ってたんだから」

「ご……ごめん、ほら、引っ越しの支度がいろいろあって、どうしても行けなくて」

「今夜は来てよ？　絶対よ？」

「わかった、わかったから……」

何度もうなずきつつ、昌古はあたふたと走り去っていってしまう。まるで逃げているようだ。

昌古の妙な様子に真珠が首を傾げると、瑠璃丸が小声で言った。

「……千鳥が女房になって、見るたびに身ぎれいになっていくから、昌古、どう接していいのかわからなくなってきたんだってさ」

「まぁ……」

微笑ましいと言えなくもないが。

「でも、それじゃ千鳥が怒るわ。ただでさえ、昌古がなかなか顔を見せにこないって、むくれているのに」

「あと、女房が大勢いるところに顔を出すのも、気後れするらしい。ここの女房たちは、他所に比べたらずいぶん気安いほうだって言ってるんだけどな」

「……ちょっと、あとで伊勢か笹葉に頼んで、昌古と話してもらおうかしら」

せっかくいつでも逢えるようになったのに、かえって遠ざかってしまったら、意味がない。周りの女房からも、誰も邪魔などしないから遠慮せず千鳥を訪ねるように、言っておいてもらったほうがいいだろう。

「それと、あんまり周りに人の気配があると訪ねにくいのかもしれないから、千鳥の局は、昌古が顔を出しやすい場所にしてやってくれ」

そう言いながら、瑠璃丸は腰を上げた。その袖の端を、真珠が軽く摑む。

「あ、瑠璃丸――」

「何だ？」

「……今夜、連れていってね」

「早速か」

「そうよ。わたくし、ずっと楽しみにしていたもの」

真珠が瑠璃丸を見上げて唇をほころばせると、瑠璃丸は少し困ったような、しかしどこか愉快さも垣間見える表情で、口の端に笑みを刻んだ。


桃殿から公貫邸への引っ越しをすませ、さすがに疲れはてた女房たちが早々に床につき、寝入ったころを見計らって――西の対の妻戸から、ふたつの人影がこっそりと外に出た。

簀子に下りると、影のひとつはもうひとつの影を抱き上げ、素早く庭に飛び降り、次の瞬間にはもう、屋根の上にいた。

冷えた風が吹き抜ける。だが、人影は屋根の上で微動だにせずに立っていた。

「……すごい……」

瑠璃丸に抱きかかえられて、真珠は初めて見る光景に息をのむ。

まぶしく思えるほど近くで輝く星。山々の黒い連なり。眼下に広がる数多の屋根。まっすぐに延びた幾筋もの道――

「寒くないか？」

「ないわ。……都って、こんなに広かったのね」

「俺は近くの山から初めて見たとき、都って案外狭いんだなって思ったけど、屋根を跳ばずに地面を歩くようになったら、結構広く思えてきたな」

「あれは？　大きな門があるわ」

「宮城だよ。それのこっち側が宮中。……ちゃんとつかまってないと、落ちるぞ」

顔の向きだけであちこち示しながら、瑠璃丸は万が一にも落とすことはありえないというほどしっかりと、真珠を両腕で抱えている。

見える範囲の景色をひととおり眺め、ようやく興奮が落ち着いてきてから、真珠は瑠璃丸の顔を見た。

「……ありがとう、瑠璃丸。わたくし、ずっと、あなたがいつも見ているのと同じものを、自分の目で見てみたかったの」

「それにしても、真っ先に屋根の上じゃなくてもいいだろうに……」

せっかく外に出られたのにと、瑠璃丸は呆れ声だったが、真珠は小さく首を振る。

「あなた、わたくしが呼ぶと、よく屋根から飛び降りてきていたでしょう。……屋根の上で、いつも怪しの物を追い払ってくれていたのよね？」

「……」

「だから外に出られたら、真っ先に屋根に上がりたかったの。あなたがいつも、わたくしを守ってくれていたところに……」

真珠は微笑み、わずかに顔を仰のかせて瑠璃丸に唇を寄せた。抱き上げた腕になお力をこめ、瑠璃丸が深く真珠に口づける。

風に吹かれた白銀の髪が、真珠の頰をくすぐった。

「……もう下りていいか」

唇を離し、瑠璃丸がかすれた声でささやく。

「戻るの？」

「抱えて跳ぶのは、意外と怖いってわかったからな」

「わたくしは怖くないわ？」

「俺が怖いんだって。……これでも結構、ひやひやしてるんだぞ」

眉間を皺めてぼやく瑠璃丸に、真珠は声を立てて笑い、瑠璃丸を抱きしめ返した。

「それじゃ、今夜はこれで……」

「ああ」

瑠璃丸はゆっくりと膝を沈め、跳躍すると、慎重に庭へ降り立った。

「……」

心底安堵(あんど)した様子で大きく息を吐いた瑠璃丸に、真珠は首をすくめて笑う。

「ふふ。……次はどこへ連れていってもらおうかしら」

「……屋根以外なら、どこでも」

「海や山でも？」

「足場さえよければな」

瑠璃丸は一段一段しっかり踏みしめて階を上ると、妻戸のほうへ向かおうとした。

「ねぇ。……もう少し外にいたいわ」

「ここでいいのか」

「いいわ」

うなずくと、瑠璃丸は簀子に腰を下ろし、そのまま真珠を膝に座らせる。

真珠は瑠璃丸の肩口に頭を預け、桃殿とは違う庭の光景を、しばらく眺めていた。

虫の音が、そこかしこから微かに聞こえている。

見える景色は桃殿のほうが広いが、こちらには、どこかあたたかな落ち着きがあった。

真珠は庭に目を向けつつ、瑠璃丸の頬に額をすり寄せる。

「……真珠？　眠くなったか？」

「いいえ。……本当に、こちらに来てよかったと思って」

「そうか?」

「ええ」

返事をし、真珠は目を閉じて手を伸ばすと、瑠璃丸の肩を抱きしめた。

瑠璃丸の吐息が、首筋にかかる。

「こちらに移ってよかった。……もう、あなたがいつ来るか、いつか通ってこなくなってしまうかもって、心配しなくてよくなるもの……」

「……そんな心配してたのか?」

「いつもではないわ。ときどき。……恋人や夫を待つって、そういうことだもの」

小さな声でそう言うと、背にまわされた瑠璃丸の手に、力が入った。

「……俺はいつか桃殿を追い出される心配をして、真珠は俺が来なくなる心配をしてたのか」

「いらない心配だって、思ってはいたけれど……」

「そうだな。でも、どんなに小さくても、心配の種はないほうがいい」

瑠璃丸の唇が、耳の下に触れる。

「今日から、真珠の家はここだ。……どこへ出かけても、ここへ帰るんだ」

「ええ。あなたと、わたくしの家……」

耳を軽く嚙まれて、真珠は身を震わせた。瑠璃丸が膝の上で、真珠を抱え直す。

「……そろそろ、中に入ってもいいな？」

「っ……いいわ……」

何度も耳を食まれて、真珠は瑠璃丸の首にしがみついた。

ほてり始めた肌に、夜風があたる。

虫の音は、もう聞こえなくなっていた。

「ちょっと、駄目ですよ太郎君。それは殿の帯なんですから……」

「誰か、ここに置いてあった扇知らない？　さっきまであったのに……」

まだ薄暗い早朝、女房たちがあたふたと動きまわっている中で、瑠璃丸の身支度を手伝っていた真珠が振り向いた。

「なくなっているものがあったら、だいたいあの子たちの仕業よ。支度がすむまで、おとなしくさせていてちょうだい」

「おとなしくさせられたら苦労ないですって……」

叫びながら、それでも千鳥が、はしゃいでいる男児二人の首根っこを捕まえる。

「若君たち、あんまり騒ぐと行列を見にいけませんよ。留守番でいいんですか？」

「えー、やだ！」

「やー！」

「嫌なら静かにして、その帯を離してください。扇を隠したのはどちらです？」

千鳥に叱られ、二人は引っぱりあっていた帯からぱっと手を離した。

二人とも、結婚からこの七年のうちに、真珠が産んだ子供である。上の子は五つ、その下の子は三つ。

上の子は白銀の髪をしているが、角は生えていない。その下の子は黒髪だが、額にこぶのような小さな角がある。

「——はいはい、若君たちもお支度はできてます？　そろそろ出発しますからね」

笹葉が幼い女児とともに、母屋に入ってきた。抱いているのは、二歳になった末娘だ。上の子と同じく髪は白銀で、いまのところ角は生えていない。

「くるま、ははうえといっしょにのる！」

「あら？　昨日は刑部卿の殿と一緒に乗ると言ってませんでした？」

「やっぱりははうえとのる！」

「でもお父上が、お母上と一緒に乗るって言ってますよ」

「えーっ、ずるい！　いつもちちうえばっかり……」

下の息子が、口を尖らせて手をばたつかせる。

角の有無はそれぞれだが、皆、元気に育っているので、それだけでよかった。

「笹葉、桔梗はどうすると言っていたの？　行けそう？」

瑠璃丸の二藍（ふたあい）の直衣の袖を整えながら、真珠が尋ねる。

「行けるみたいですよ。姫君たちも楽しみにしてますし」

「それなら早めに出て、ゆっくり車を走らせたほうがいいわね」

今日は賀茂祭の日だった。賀茂の下社と上社の祭祀(さいし)だが、一条大路を通る斎王と勅使の行列は、その華やかさもあって、毎年多くの人々が見物にくる。真珠も桃殿から引っ越して以来、何度か見にいっている、楽しみな行事だった。

今年はいつも一緒にいく桔梗が三人目の子を身籠っており、体調を心配していたのだが、どうやら大丈夫なようだ。ちなみに桔梗の子は二人とも女児で、髪はどちらも明るい檜皮色だが、角は生えなかった。

「俺も楽しみだな。——看督長の嫌がる顔が」

「まぁ……」

瑠璃丸の軽口に、真珠もくすくす笑う。

行列には、検非違使からも参加する者たちがいた。検非違使尉(けびいしのじょう)などの官吏が騎馬で勅使の列に入るが、そこに看督長なども徒歩で加わることになっている。

悪人を捕まえる仕事は率先してやるが、儀式などは大の苦手だという是道は、毎年賀茂祭の時期になると、憂鬱そうにしているという。

「そういえば看督長、あなたが衛門佐(えもんのすけ)になると聞いたときにも、嫌がっていたわね。

よりによって、って……」

　出仕するようになると、目立つ白銀の髪はやはり人々の話題の種になったが、噂を耳にした帝に興味を持たれ、生まれつき髪の白いのは長寿のさだめなのだろう、実にめでたいことだと、何かと気遣ってもらえるようになった。それは弘徽殿の女御の姉の夫、という立場もあってのことかもしれないが、とにかく幸いにして昇進の妨げになることはなく、今年瑠璃丸は、従五位下（じゅごいのげ）の左衛門権佐（ごんのすけ）という官位を賜った。

　衛門佐は左右権官（ごんかん）合わせて四人いるが、中に検非違使の次官を兼務する者があり、瑠璃丸がその役目に就いたのだ。看督長は、直属の部下である。

「これまでさんざんこき使ってきた若造が、いきなり上役だもんな。あのときの顔も面白かったけど」

「でも、あの看督長のことだもの、きっとこれまでと変わっていないのでしょう？」

「変わってないな。全然。相変わらず雑な態度だ。それでいいんだけど」

　瑠璃丸は苦笑して、直衣の襟元を留めた。

「真珠は？　もう支度はいいのか？」

「ええ。あとは扇を持つだけ。——千鳥、扇はあった？」

「はぁい、ここに……」

息子たちが隠し持っていた檜扇（ひおうぎ）を取り返し、千鳥が急いで差し出す。

御簾の向こうの庭から、殿、と声がかけられた。

「車の用意が整いました。いつでも出発できますので」

「昌古、今日は少しゆっくり走らせるように言っておいてくれ」

「かしこまりました」

外が次第に明るくなってきていた。今日はよく晴れそうだ。

「じゃあ、出かけるか」

「ええ。――みんな、車に乗りましょう。二人とも、外で騒いでは駄目よ？」

まだ互いの衣の袖を引っぱりあっている息子たちに念を押すと、はーい、と元気な声が返ってきた。

瑠璃丸が御簾をくぐって簀子に出ようとし――ふと、真珠を振り返る。

「……真珠も、あんまりはしゃぎすぎないようにな？」

「あら」

たしかに初めて車で祭を見にいったときは、だいぶはしゃいでしまったが。

「何の話？　わたくし、いつもおとなしいでしょう？」

すねた表情をしてみせると、瑠璃丸が笑いを堪（こら）えるように、頬を微かに震わせる。

しばらくそのまま見つめ合い、そして、真珠もふっと破顔した。

「さぁ――行きましょう！」

――本書のプロフィール――

本書は書き下ろしです。

小学館文庫

桃殿の姫、鬼を婿にすること 暁の巻

著者　深山くのえ

二〇二一年十二月十二日　初版第一刷発行

発行人　石川和男
発行所　株式会社 小学館
〒一〇一-八〇〇一
東京都千代田区一ツ橋二-三-一
電話　編集〇三-三二三〇-五六一六
販売〇三-五二八一-三五五五
印刷所――――図書印刷株式会社

ISBN978-4-09-407101-6

恋をし恋ひば

かんなり草紙

深山くのえ

イラスト　アオジマイコ

裏切られた過去を抱えて生きる沙羅。
月夜に現れたのは、
忘れたくても忘れられない、
かつての婚約者だった……。
平安王宮ロマン！

色にや恋ひむ

ひひらぎ草紙

深山くのえ

イラスト　アオジマイコ

妹に許婚を奪われ、女官となった淑子。
周囲の嘲笑にも毅然とした態度の淑子に、
ある日突然、求婚者が現れる。
彼、源誠明は、東宮の嫡子でありながら
臣籍降下した、いわくつきの人物で!?